藝　文　叢　刊

清暉閣贈貽尺牘

〔清〕惲壽平　等編
鄧　實　校
楊　晶　點校

浙江人民美術出版社

圖書在版編目（CIP）數據

清暉閣贈貽尺牘 / （清）惲壽平等編 ； 鄧實校 ； 楊晶點校. -- 杭州 ： 浙江人民美術出版社, 2025. 1.
(藝文叢刊). -- ISBN 978-7-5751-0409-8

Ⅰ. I264.9

中國國家版本館CIP數據核字第2024G7L748號

藝文叢刊

清暉閣贈貽尺牘

〔清〕惲壽平 等編　鄧　實 校　楊　晶 點校

責任編輯：霍西勝
責任校對：張金輝
責任印製：陳柏榮

出版發行　浙江人民美術出版社
（杭州市環城北路177號）
經　　銷　全國各地新華書店
製　　版　浙江大千時代文化傳媒有限公司
印　　刷　杭州高騰印務有限公司
版　　次　2025年1月第1版
印　　次　2025年1月第1次印刷
開　　本　787mm×1092mm　1/32
印　　張　4.25
字　　數　83千字
書　　號　ISBN 978-7-5751-0409-8
定　　價　28.00圓

出版説明

《清暉閣贈貽尺牘》二卷，清惲壽平等輯，畢瀧抄録，鄧實校刊。

是書所録乃當時名流鉅卿贈予王翬的詩文、書信八百餘篇，對於研究王翬之郊遊、書畫創作以及了解清初書畫創作風氣頗有助益。例如，卷下載有宋致一札云：「弟欲煩先生大筆作掛屏五幅，或紙或絹，不論著色水墨俱可。但必須先生自作，勿用代筆爲妙。叨在夙契，諒不吝也。」從中可知王翬當日所作畫作，其中頗多代筆，故熟悉内情者往往反復囑託須其親筆點染方佳。此僅本書價值之一端，故不復贅述。

惟此書之版本源流，頗值得注意。據鄧氏書前「辛亥八月順德鄧氏依畢竹癡刊本重鐫」牌記可知，該書所據底本爲畢瀧刊本。鄧氏排印本前録有畢氏所作序言，落款爲「甲辰長夏竹癡畢瀧録於西安撫署之終南仙館」，即録於乾隆四十九年（一七八四），或許畢氏録本即刊於是年。

傳世輯録王翬交遊尺牘者，另有來青閣咸豐七年丁巳（一八五七）重刊《清暉堂同人尺牘彙存》。據書後所録王翬曾孫王玖乾隆四年己未（一七三九）跋語稱：「康熙庚午，堅齋宋公延至京師，承詔寫《南巡圖》，黼黻昇平，藝苑盛事，一時輦下名公鉅卿贈言絡繹，金薤琳瑯盈箱滿篋，嘗彙集以授梓。四十年來鋟板漫滅幾不可讀。」以乾隆四年上推四十年乃康熙三十九年（一七〇〇），其時王翬尚在世，是當爲其最早刊本。而王玖序中復稱「爰索舊集，重加雕鐫。工即竟，書其年月」，則乾隆四年己未（一七三九）也曾重刻。

今初刊本、乾隆四年刊本、乾隆四十九年刊本均不可見，可見者即咸豐七年刊本以及宣統三年（一九一一）刊本。然而，咸豐本與宣統本存在明顯區別：首先，兩者分卷及編排順序不同。咸豐本共四卷，首卷爲惲壽平所輯，次卷爲許永所輯，三卷爲錢椵所輯，卷四爲翁振翼所輯；而畢氏刊本僅分爲卷上和卷下，内部的信札先後也明顯不同。其次，咸豐刊本書後有跋語數通，且附刊題辭一卷；而宣統本上述内容概付闕如。其三，兩者所録信札不盡相同，有前者有而後者無，亦有前者無而後者有者；且同一信札詳略也大有不同，總體而言，後出的鄧氏刊本轉詳於來青閣所刊本，出於其後人之手的來青閣刊本反而似節録本。綜上，畢瀧刊本（宣統排印本）與王玖重刊本、來青閣重刊本可能是屬於兩個版本系統的。

鑒於以上情況，本次點校整理王鞏交遊信札，以鄧氏宣統三年排印本爲底本，加以標點整理，酌情參校來青閣重刊本，對於其中的差異，擇其優長徑改。來青閣重刊本有而鄧氏排印本所無的信札，則以「增補」形式置於卷下之後。至於來青閣重刊本書後跋語及題辭，則以附録形式收入書中。

因整理者水平有限，加之成書時間倉促，書中錯訛不少，懇望讀者賜教。

目録

卷下

序

王石谷翬，常熟人，自號烏目山人。少從王煙客太常游。太常精於繪事，且收藏古跡最富。石谷揣橅，盡得其法，仿臨宋元人，無微不肖。吴下人多倩其作，裝潢爲僞，以愚好古者。雖老於鑒别，亦不知爲近人筆。余所見橅古者，趙雪江與石谷兩人耳。雪江太拘繩墨，無自得之趣。石谷天資高，年力富，下筆便可與古人齊驅，百年以來第一人也。己酉顧余於白下，時余已謝督糈。石谷寓續燈菴，爲余作大小十六幅。老年患難，頗堪藉以自遣。石谷苦心於此中二十餘年，於余頗有知己之感。自題其畫與余云：「嗟乎，畫道至今日而衰矣。其衰也，自晚近支派之流弊起也。陸、張、吴，遼哉遠矣。大小李以降，洪谷、右丞，逮於李、范、董、巨、元四大家，皆代有師承，各標高譽。未聞衍其餘緒，沿其波流。如子久之蒼渾，雲林之淡寂，仲圭之淵勁，叔明之深秀，雖同趨北苑，而變化懸殊。此所以爲百世之宗而無弊也。洎乎近世，風趨益下，習俗愈卑，而支派之説起。文進、小仙以來，而浙派不可易矣。文、沈而後，吴門之派興焉。董文敏起一代之衰，抉董、巨之精，後學風靡，妄以雲間爲口實。瑯琊、太原兩王先生，源本宋元，媲美前哲，遠邇争相仿效，而婁東之派又開。其他旁流緒沫，人自爲家者，未易指數。要之，承訛藉舛，風流都盡。翬自齠時搦管，矻矻窮年，爲世俗流派拘牽，無由自拔。大底右雲間者，深譏浙派；祖婁東者，輒詆吴門。臨穎茫然，識微難洞。已從師得指法，復於東南收藏收事家縱覽右丞、思訓、荆、董、勝國諸賢上下千餘年名跡數十百種，然後知畫理之精微、畫學之博大如此，而非區區一家一派之所能盡也。由是潛神苦志，静以求之。每下筆落墨，輒思古人用心處。沉精之久，乃悟一點一拂，皆有風韻；一石一水，皆有位置。渲染有陰陽之辨，傅色有今古之殊。於是涵泳於心，練之於手，自喜不復爲流派所惑而稍稍可以自信矣。先生爲藝林宗匠，尤於繪事素所研精。遂盡發二十年探求之業，默取所見宋元諸跡，雜爲橅仿。凡一十六幅，彙成一册，并自述所歷甘苦與時俗宗趨之弊，冀蒙教益。蓋亦騏驥長鳴於伯樂、龍劍耀采於雷公，士遇知己，不能自護其短耳。」自敘若此，可知石谷之於畫矣。余收合畫册五十帙，前後幾四十年。得石谷最晚，而蒐羅之役亦畢於此，庶可以壓多寶船也。王阮亭嘗題其畫云：「不必千金買范寬，天機絶處到應難。太常無恙廉州在，留取三王畫苑看。」其爲名流賞識如此。

此周櫟園《讀畫録》中語也。偶得石谷子《清暉閣贈貽尺牘》一册，重爲裝訂，録此篇於前。余心折石谷，不減櫟園。三十年來，藏其卷軸、册頁四十餘件，皆其中年臨摹出色之作。昔王奉常煙客稱爲五百年來未有，此語難與不知者道也。觀此尺牘，益信。甲辰長夏，竹癡子畢瀧録於西安撫署之終南仙館并識之。

韓文懿《有堂文集》有《跋石谷賜書卷後》：「當日東宫召對，賜坐繪扇，賜以『山水清暉』四大字，極畫苑之恩遇。」即清暉閣之所由名也。寶鏞記。

卷上

婁東王時敏　煙客

不挹清揚者累年，飢惄之懷，時形夢寐。近過郡友齋頭，得見妙染甚夥，所摹唐宋諸家皆極得神髓，而筆墨奔放，思致高奇。此雖天資秀拔，迴越尋常，而學問之富、功力之深，尤非時流可及，斯誠藝林獨步、三吳無敵、百年僅覯者矣。弟自縱觀，復目眩神摇，中心悦服。竊幸殘年餘息，猶得復見古人。又恨相隔衣帶，未克晤對左右，快覩吮毫潑墨之奇。巡回憶念何容舍。然賤目畏風，冬候如寒蟲墐户，跬步殊艱。少俟春和，便即鼓枻虞山，叩領緒論，并布皈響之誠。弟藏諸蹟，向曾奉鑒，固非絶品，亦具古人風格，得蒙枉賁，當出少供游矚耳。臨紙神與俱往。

前辱遠顧，兼接教言，如執熱者之濯清風，快爽何量。别後即有賦役諸事，交併攢迫，又以壯子遠出，衰殘獨自支撑，渴企高雅，未嘗少間也。日來氣候清淑，緑陰黄鳥，景物娱人，正堪搜採畫笥，發皇奇思。特遣小舟奉迎，萬祈惠然。吴梅老欽仰甚殷，日盼駕臨，幾同望歲。而敝里親知，咸思快瞻丰采，高轍一至，即息影深居，恐紫氣不能久閟，小齋賓履紛沓，須更作鐵門限矣。如何如何。

前僮回，得手翰，承許十日見過，屈指届期，寸陰若歲。乃今又將浹旬，而履聲寂然。轉思之莫解其故，豈以敝里爲勝母耶，抑以互鄉爲不足與言耶？弟於磁礴一道雖未能盡窺籓籬，然觀道兄妙繪，於古人神韻研深入微處，自分稍識一二，竊附於草木同味。惟冀暫撥冗一過，俾得縱觀潑墨，以豁心目，則累月來所誇詡於人者，今果邀致，不爲里人所笑，叨愛尤無已也。禱切。

自道兄别後，弟如少水魚，濡沫無所，神馳左右，不啻一日三秋。前尊翁枉顧，大慰企渴。滄老以及諸勝流名賢快集，弟出所藏舊跡，展玩竟日，良爲賞心，特鑒别各殊耳。吾兄以一心五指而應天下之求，恐力不給，時竊慮之。然吾兄情篤友誼，曠别自難恝置，必當具舴艋，張豹席，到門剪燭聯床，以遂抵掌之樂。乃跂望日久，而紫氣杳然。固知迫於敦趣，旋赴晋昌之招。奚惜一日之程、一夕之話，早慰弟之癡腸餓眼乎。衰暮殘年，是以迫於奉教。吾兄垂念及此，知即惠然肯來也。不盡。

昨兒輩假道虞山，附通數行，想蒙達覽。前承訂約，方將至信辟金，豈意復疲引領。吾兄爲世瓌寶，人争鈎致，安得千百億化身，使大地普霑法雨乎？其中離合自有機緣，非敢預料。但前聚首五旬，雖荷投玉，未盡探珠，冀得再領珍圖，少效環報，以畢餘生宿願，快幸更難量矣。專僮奉迓，望即早過爲禱。

枉玉寒廬，復得懽聚。爾時不敢久留，别後黯然之况，覺文通賦别猶屬未盡。小兒過虞造訪，始知遠行未卜，深悔輕爲分袂也。十二大册穠纖出於高古，神逸寄於法度，直是古人不及，豈云摹仿奪真。營魄回駭，既羨且妬。因思大小挂幅，懸之壁間，猶可坐卧咀玩；長卷寓目難竟，往往前後相失，未免舒卷之煩。竊恨前者未及奉求也。弟比來窘悴益甚，質貸路絶，計惟舊跡可藉變易。但裨販者多，真賞者少，凡以訪購來言者，槩擬丸泥封斷，畢此殘年。昨膠州清河氏不遠千里至婁，凂炤翁爲介，於弟所藏北苑、大癡中欲拔其尤者二幀，賴炤翁極力周旋，幸不折閲。精華既去，畫苑無光，晚景更無聊賴。自念采集良苦，寶愛不啻性命。今以勢迫割棄，阿堵用之則盡，性命一去不可復得，巡迴心腑，能不愴然。候值清和，紅藥將放，吾兄武陵之棹如可暫緩，過我作經月盤桓，其樂無限，真引年扶老上藥。所旦夕以幾而不敢請者，道愛如吾兄，何靳三舍之勞也。乘便附候，種種俟悉。

前小孫入郡，得接顔教，知玉體偶郄，殊切懸懸，隨遣奴子候訊，而道駕已返矣。手教至，始識霍然，兼許涼秋見過，不勝喜躍。近聞輦下鉅公有來相訂者，吾兄具絶世之才，羔雁成群，自所必至，度不克長守故閭。弟亦謂筆墨之煩未了，不若皇城如海，反可藏身。吾兄宜飄然遠馭，如陳子昂破琴都市，一日而名滿天下，斯爲至快。吾土信美，終是短汀淺渚，非神物游泳之地。惟重溟深淵，可攄爪甲耳。吾兄果有北行，過我傾倒，亦誼所不容已。諸兒孫俱荷垂念，亦無不引領紫氣之東也。率勒布候，不既。

前蒙聚首荒齋，談笑累日，欣慰無已。別後魂夢爲勞，觸境生憶，徬徨延企，何可喻形。小兒倖雋，不足記存，辱賜珍圖，展軸光怪陸離，洞心駭目，使黄鶴爲之，恐不能渾化至此。即處父子間，不禁羡妬。前古後今，吾兄真足當之矣。讀來教，知唐孔翁專使相促，交情有素，誼不能辭。然念獻酬群心，良亦甚難。拙逸智勞，往哲已先道之，物理固然，更何尤哉。晉陵相與正長，如弟景逼崦嵫，殘光欲盡，奚敢白駒空谷，妄思縶維。弟以至情相告，或不遐棄也。尊使行促，率爾謝復。小兒不及奉啟，縷綜萬千，統容續罄。

抵舍後即感寒，屢汗不解，今雖稍復，然步履愈艱，飲啖頓減，蓋衰年遘疾，如老樹經霜，生意漸盡。因念蠖伏逾二十年，今歲忽復馳動，間關跋涉，徵逐應酬，朝夕益苦難支。目下公私鉅細諸事委積，其何以慰日昃之嗟乎。平日交游絶少，惟一二密友，時相往還。今公路遠在百里外，睿玉偃卧蕭寺，既不能起，又不能歸，大可念也。弟孑然孤影，塊處一室，跫然足音，經月絶響，况味可知。念當今擅絶世之藝、具高世之行，與弟異體同心者，惟吾兄可託歲寒。而垂天雲翼，方將横絶四海，弟安所假羽翰以相從耶。天下之寶，當與天下共寶之。幸嗇神養和，倍自保練，俾光瑞長照世間，如一峰、白石，皆臻上壽，真藝林盛事，亦群情所共快也。妙繪所獲固多，展玩輒忘愁疾。惟荒耄茫無所得，頗以爲恨。然年及西垂，詎敢復作妄想，或留來生少分種子，便是奇福，而亦豈易得耶。尤可笑者，老尚貪癡，每見人手中一扇、壁間短幅，輒加妬羨，猶小兒不論飢飽，見食便垂涎耳。諸畫中獨少挂幅，終不能置懷，在吾兄亦未了事。而伺吾兄隙辰，亦何可得，日月逾邁，視蔭幾何，恐亦終成虚望也。大年卷當軼真跡而上之，奚止中郎虎賁，此時刻不忍釋手者。比因郡守以鄉飲相困，因擬跳避，乘此赴願公之約，尚爾趦趄。以仁兄道義一體，晤對無期，故捉管不覺嫋嫋。便羽無金玉爾音。

荒悴之餘，閔閔望歲，時方舉耜，又值屯膏，憂心倍切。前鬻諸畫，究於緩急無濟，徒使妙蹟永棄，追悔無及，自此當益堅初志矣。虞山衣帶，音問暌違，想吾兄久滯維揚，未審何時得竣，幸密示知，便可附尺蹏，博報牋，以當晤對。不敢宣露於人，致累吾兄作鐵門限也。吾兄妙繪人競欲得，幸而獲者必將櫝藏錦襲，重複緘縢，弟何敢妄思延致。但風燭殘年，貪心未絶，欲求華原、鷗波、一峰、梅道人各一幀，以爲矜式，并貽子孫。特恐一逋未了，一逋復催，果幸再邀玉趾，則入山獲寶，平地遇仙，不足喻此樂矣。

聞道駕歸自邗溝，喜爲狂舞，亟遣舟奉迎，謂旦晚必得聚首。乃接教，似有遐心，致弟内媿色沮。竊意高情必不若是，或由是擺撥不迭，未遑爲境外之游。且吾兄宿諾多，而獨徇弟請，形迹尤難。裵久之，不敢以隻字再瀆。然念吾兩人意氣相期，自足千古，今此暌離，忍不一執手乎。倘得蹔紓清塵，爲旬日盤桓，兼索墨妙，以娛老眼，弟雖身同葷露，可無遺憾。未知能許我否。

客冬枉存，具紉吾兄敦宿好，重然諾，道誼之厚，迴出尋常。改歲衰病闕問，未知邗上之行何日。得於行前再過荒齋，則至誼深情，更出望外矣。第恐遠邇聞風藉響，幣聘交馳，行止未能自必，益不勝疑慮耳。此道頽敝已極，幸吾兄今日起而振之，集古人之長，盡驅筆端，故能妙絶千古。前諸製作固足亂真，比則更爲脱化，每仿一家曲盡其致，而超逸之趣則又過之。近見爲梅仙仿松年小幅，秀媚絶倫，心形俱服。所求册子，希乘興點染，得於高簡中别具瀟灑澹蕩之致。弟雖酷貧，即典衣鬻器，所不惜也。子晋所繪荷花，夢寢不置，衹爲轉懇。邇來愁病增劇，百念已灰，惟筆墨嗜好，至今更切。舊跡盡去，追憶惘然。名賢妙繪，直性命所寄。吾兄俯念癃殘，知不靳惠顧耳。

去臘千愁并集，無以卒歲，知道駕久駐澄江，未及申謝，耿耿之私，夜不成寐。舍姪歸，極道兩賢郎試作燦然，不媿萬選青錢，拭目望捷，不意暫爲六月息也。忽探珍圖，如獲拱璧，巨幅雖規橅山樵，而高古深遠，盡備荆、關、董、巨之法。吾兄仿古之奇妙，不徒肖其形似，而直抉其精髓，即唐、宋、元季諸家復起，定拜下風。此弟所心折而歎舉世獨絶者也。但呵凍揮灑，勞神已甚，所望殘冬暫過，春日載陽，庶幾紫氣東來，萬斛愁腸可藉晤言以消之也。確庵從毘陵歸，云吾兄赴錫山秦太翁之招，曉行至紅塔，忽爲盜憎，中道復返，兩説甚異，深爲駭愕。竊思近地輕裝，吾兄隨身惟有煙雲空翠，何足動胠篋者之興。然恐所攜妙蹟入偷兒手，便落惡劫，未知其實如何。吾兄曾否小出，途中有無驚恐，筆墨都無恙否，乞詳示以慰懸懸。歲律行盡，壯游想在新春。一水相望，紆棹無難，命駕而來，快談信宿，高情薄雲矣。

讀來教，知聚首有期，可樂殘景。窮冬短晷，駛如隙駒，數日留連，已足稱奇遘矣。清河君遣人來問關仝真跡、大年《湖莊清夏圖》，云不惜重購，弟未忍輕棄，婉言辭之。但此跡藏之甚秘，外人何以聞知。窮子漸成孤露，惟此衣珠，永以爲寶，其忍使罔象得聞之耶。梅村翁長歌附覽，渠即手書以贈。承賜秧履紅燭，用以暖歲寒，照四壁，拜惠良多。

孝逸歸，云晤兩令似，知潤州有翰使相促，雖得金石之信，必無轉移，而敦趣甚迫，恐難自堅。迴環寸心，不覺如擣。頃修一緘，致江上，求暫假兩月，或當矜許。倘其使未行，即以付之。許堯老從北歸，云友人攜《鹿脯帖》至都，有軒冕精於賞鑒者，一見歎絶，深以未得先購爲憾。幸飛棹來面談也。

驕陽累月，大地如焚，衰殘餘魄，亦幾同盡。雖得微雨，猶彌望如赭，天澤未遍，其能望枯苗之復甦耶。江南春圖，輝映蓬壁，而尋丈巨幛，一時又得二幀，其爲瑰異，何啻石家四尺珊瑚也。櫟園周司農傾慕有年，無由合并，凡三四致意梅村翁并及弟，屬爲勸駕。司農引領吾兄之過白門，夢寐以之，而吾兄到處遮留，未能千里命駕，以副司農飢惄之思。其珍重至意厚矣，何忍濡遲，無以慰之耶。

前過訪，得晤兩令似，因留一函，倉卒中不知作何語，今亦不復記憶。弟秋來老病日增，貧亦日甚，自分摧頹暮景，如衰草經霜，豈復望久長。諸緣悉謝，猶賴石交至誼，時時在心。更有無厭請者，則以頻年所獲妙繪，各種具備，惟小卷猶爲缺事。非得殘山剩水，其能畢弟夙願乎。近聞金沙、京口頻多賢主人，築館招游牽留，正未有已。一得大刀之信，即當面申懇請。前李書老過婁，云於江皋得晤，隨已邀歸，聞之可勝黯結。然弟塊然獨處，歲暮淒其，朔雪寒風，天涯人遠，彌深懷友之思。猶冀江流如帶，一葦可杭，臘盡春初，道駕東還，得即枉賁寒齋，握手道故，樂過新知，則一時聚首，便足千秋矣。臨楮依依。

自通問後，久逖音塵。弟少時咯血之症陡發，支離藥裹者累月。遠承垂問，且知玉體霍然，深爲欣慰。遷居大費經營，相距一水，未克少爲分憂，負悚殊深。若弟夙疾之發，皆因積勞所致，耄年此病，豈望久存。承諭勖以節勞息慮，真藥石生我，其如境遇當前不能排抑何也。吾兄晋陵之行何日？祭章語語情至，即古人挂劍聞笛，奚啻過之。但此間挽留必力，歸期難定。承許返棹過舍，不勝躍然。使果踐宿諾，便是非常奇構。自分何幸得之，且喜且疑。或值燕閒飛天仙人，忽從雲墜。殘息再得相依，如留當風之燭而與以續命之膏，其樂何限。弟雖貧罄，雞豚同社酒，猶可作東道主耳。入春林令君延攬倍殷，吾兄磔礴署齋，必無隙暇。近知已辭令君，亟欲過婁。乍聞斯言，猶如優鉢曇花千年再現，欣喜豈屬尋常。前晤健老，偶及吾兄筆墨，必屏居覃思而後申紙和墨，較時輩以敷衍補綴爲能事者，品格天淵，宜其落筆得心應手，出宋入元，彙集前賢，驅之指腕，稱後來居上也。健老云，與石老相契有年，其畫臻神境，心折已久。能翩然惠臨，以副其向慕之誠，真墨林勝事也。

別後隨嬰齒擊之疾，吭吻閒幾無停響。春初，謀之岐黄家，稍得平復，而頭暈復作，所謂轉側須人，偃仰待日，豈非尊生無術，固宜抱疴若是耶。向承吾兄同高足子鶴楊兄有過舍盤桓之訂，傳神阿堵，子鶴可稱擅長，所圖小像神色飛動，見者皆謂宛然如可與笑語，無毫髮憾。弟朽骨垂盡，敢祈賢師弟惠顧，再商定一圖，貽示後人，則邀愛庇多矣。容罄以悉。

接手教，知尊翁稍有違和，旋臻勿藥。繼承妙繪郵寄筆墨之光，與煙雲互相映發，倍增忻悦。未幾里人有從虞歸者，忽傳非常之耗，聞之不勝悽愴。吾兄何以爲心。平居定省，惟博物娱古，爲融融洩洩之至樂，而一旦奄忽。且吾兄至性過人，當此大故，必加摧裂。然光前裕後已爲至孝，勿過哀傷，貽滅性之譏也。弟與賢喬梓契誼迥出尋常，匍匐赴唁，不敢不力。顧頭眩屢發，恍如天傾地坼，茫不知所依。止令小孫先致奠禮，俟殘疾稍瘳，即當竭蹶松區，必不以宿草爲辭耳。

清河君再來婁上，好尚竟成兩截，其先所賞諸縑概不着眼，惟必欲得《曹娥》真蹟，然所許之值不及陳生所言之半，何能輕擲耶？寫生一路榛蕪久矣。弟曩時於此曾少研思，然舉世率沿於波流，了無創闢之趣。前見正叔所爲没骨花圖，真別開生面，令人眼目一新。其隨意點綴一言半語，往往引人入勝。弟與正叔有先世之雅，聞其人脱落世俗，無一點塵埃氣，亟思披對，與之昵好。但屢訂來游，而蹤迹杳然。桑榆隙光，能久待耶。吾兄春明肯相拉偕行，慰我飢渴，寂莫荒齋，得延二妙，若果此緣，一段佳話也。

冬初展墓楓橋，知赴當事之招，憲署嚴密，不及通問。弟以躑躅川塗，倉皇負約，捫省益切愧悚，停雲佇雨，瞻憶徒勞。重其過婁，持尊册見示，高簡超逸，直有乘霞御風之致，見之美愛，摩挲不忍釋手，未知風燭殘光，何時得窺潑墨之妙耶。西田結夏，固禱祀而求，然猶望望焉不可必得。倘邀信宿，爲衰朽稍續舊盟，迅掃長綃，淋漓殘墨，爲洞心之觀，蠲疾引年，惟此爲衰年上藥，吾兄豈無意乎。

方擬馳候，忽寄珍圖，展玩間蒼蒼莽莽，筆如游龍，即梅花庵主，恐未有此奇拔。炤老適過寒廬，歎賞不置，亦謂過於石田。天生我石谷，直於畫道中抉天地之精華，綜古今之奧窔，誠名世間出、百千年而不一覯者。邇聞牽染世紛，奇思靈襟，漸汩塵濁。豈靈秀之氣，發洩已盡，反爲造物所忌耶。吾兄意氣所激，自是古人高義，然竟可坦焉置之？又爲吾兄計，筆墨酬應難厭群心，不若早爲出游，以煙雲自娱，悠然澹遠，如孤松迥秀，不與群木爲侶，品愈高而名愈重，則道韻與妙筆并傳，聲價更增百倍矣。新春道駕先過小齋，快聚旬餘，共慶元夕，然後踐櫟園公祖之約，恃夙愛不罪其贖也。拙詠未足壯行，聊博一哂。

居今之世，何事不出理外。吾兄高士名流，胸吞雲夢，流俗呶呶多口，即宜一笑置之，所謂大輅不與柴車并逐也。㴩州守牧仰慕若渴，又從弟索大筆細觀，如山樵長軸與大兒所藏子久、次兒范中立二幀，借玩數日而音息寂然，得毋久假不歸乎。聞將有遠行，健翮翱翔，何從攀接，正恐高名爲累，反妨閒適，惟吾兄所心許者，識之不忘，庶不貽他年挂劍之思耳。

來翰相訂桂月過婁，爾時璧月澄花，涼颸襲座，心知合并，良稱勝集。且聞爲健翁所製屏障，鉅麗之觀，横絶今古，東來望攜見示。尊公像贊塗納，但以荒蕪之筆，塵點高標，殊爲不稱。奈何。近第五兒爲正叔兄演《鴛峰緣》新劇已成，伶人傳習似亦可觀，但其中情事略有粉飾，須正叔自來商定，亦慫慂來游之一會也。便羽幸即聞之。

弟一生規橅癡翁，訪求真跡，無慮廿有餘本。惟長卷最不易得，如《沙磧圖》不過盈尺，《溪山雨意卷》長不過五尺耳，已爲希世之珍。前見吾兄所臨《富春圖卷》長二丈餘，觀其點置峰巒林木，溪橋村落，蒼深瀟灑，逸氣飛翔，與平時畦徑洗脱略盡，一峰墨迹至此神矣化矣，天下之能事畢矣。弟研弄繪墨五十餘年，所見一峰真本當以此爲第一。恨曩時未及搜羅摹仿，幸吾兄相過，即爲我臨此長卷，以補缺事。弟雖衰殘，猶欲時置案間，一日三摩挲，略得其百分之一二也。

昔董文敏常稱北苑真跡，長卷有《瀟湘圖》《夏口待渡圖》，弟曾於雲間宗伯處借觀，真天壤間奇麗神化之迹。元四家皆出北苑，觀此方知其淵源所自。他如《龍宿郊民圖》，設色青潤，則又近松雪一派，非其本色矣。頃見吾兄爲笪江上翁所臨北苑巨軸，筆墨之精，渲染之妙，骨法秀勁，氣味渾古。數十年來夢想北苑二圖，邈不可見，常歎妙跡永絶，今耽玩臨本，焕若神明，頓還舊觀。吾兄未見北苑二圖，筆底何從得之，豈亦所謂鬼神通之耶？乍觀不覺叫絶，使弟飲食寤寐恍惝不寧，有難以晷刻待者。特拏舟相迎過小齋，爲弟追橅長卷，數十年胸中耿耿不能忘者，庶得藉此以酬夙願。謹滌硯磨墨，以待惠臨。勿後勿後。

遥想虞山明秀，與春光互相映發，景物必倍尋常。屢欲扁舟來訪，一攬林壑之勝，而愁緒如麻，足欲舉而不前。側聞瑶華見貽，庶藉少蠲愁疾。炤老、伊人先後歸，知道兄始苦頭風，繼營卜築，愧未分痛排愁，反滋煩聒，益切疚心。即前者屢訂，亦以來日苦短，妄覬見過。乃承吾兄於藥裹愁緒中，殷殷良訊，念我深矣。札中又云將赴泰興季滄老之約，如果則相聚又難預期，益增黯結，荒圃蔭樹，追涼徒成虛願。奈何。

西田獨賞序

西田者，婁東王奉常煙客先生別業也。先生既與時偕晦，築別業以娱老，所與游多緇流方外，而心所獨契忘年定交者，惟王子石谷。少於先生三十餘歲，居虞山東麓，去西田幾百里。而先生於石谷無日不思也。石谷多爲好事者羅致，行踪或及千百里外，而先生於石谷，如詩人之懷美人、思公子，得見則喜，不得見則離憂倚徙，欲暫解於中而不能。嗚呼，石谷何以得此於先生哉！石谷家故貧，所藏惟宋元名繪，少長即事臨摹，每一點染輒至亂真。先生圖書之富甲於東南，世所稱關、荆、董、巨之筆，秘府不能致者，先生皆秘藏之，故於繪事最得宋元筆法，片箋尺幅，世競寶之，不啻拱璧也。先生乃不自矜異，每得石谷畫輒愛玩不去手，嘗欲多方搜致，必盡備諸體以爲快。至於饋贈殷勤，酬報優渥，若惟恐不得當於石谷。至終其身不少倦，何也？古人若太冲之於太真、元歎之於伯喈，皆一言稱賞，遂名滿天下。以先生之名德爲世模楷，生平品望高簡，即在繪事亦未嘗輕相許可，何以獨於石谷往復纏綿，亹亹不置也？吾聞先生爲人温良樸摯，其所稱道，皆稱心而出。《詩》曰「惟其有之，是以似之」，信矣！流俗浮僞，妄相矜詡。虛懷善下如先生，吾未之見也。石谷謂余曰：「吾於慘淡經營時，嘗不能自言其所得。而先生之書曲折出之，無不探吾之隱，先生真知吾者。今安能已人琴之痛哉！」此《獨賞》所以有刻也。嗚呼，賞石谷者不惟先生，而惟先生之賞乃可以正天下之賞。天下之賞同先生之賞，獨同者喜其形質，獨者得其神明也。微先生，不能窺石谷之造詣；微石谷，豈能當先生之頌揚。先生言之不爲諛，石谷受之不爲愧。兩賢之相得，豈在區區形迹間哉。天下之造詣不逮先生、名德不若先生，而幸與石谷敦縞紵之歡、申摯維之誼者，其愛慕我石谷又當何如也。甲子嘉平三日，宛溪後學顧祖禹序。

昆陵唐宇昭　雲客

聞清和之望，即入太原清閟。有諸名跡矩矱步趨，賢主人宗匠商確，更不知若何竿頭更進。生平之願既畢，筆墨之樂可知。體中當日益安穩，五日山，十日水，便可當《七發》耳。弟自吴還，即入陽羨山中，經月始還。賤體甫復，而足發一瘍，寸武難舉，惟日偃息四并堂。壁懸吾兄《半園結夏圖》，卧遊一過，便覺忘愁消炎酷耳。秋風命駕之期，能果否乎。別來四月，相思不可言，無日不擬遣力奉迓，而多意外之冗，遂滯至今。頃子荆過敝里，相待不果，怏怏而去。渠定期吾兄來春二月往金沙，諸親友望之飢渴。乞兄殘歲且過舍度除，令兄解館時同舟而來，甚便。不則竟買一舠，過我小閣，圍爐商訂翰墨，至快也。迨來春愚父子奉陪同作金沙之遊，亦勝事也。松雪卷千萬攜來一寓目。如已完趙，惟兄臨副本見示，勿悋勿悋。

客冬長兒過虞山，述與吾兄數刻把晤，令人神飛。至從婁東秘閣而出，又不知當如何刮目。天壤乃有此王郎，不顧人企想殺耶。頻年之約，隔春之盟，踐在今日，知道兄必無遐心。小力來迎，望即就道。愚父子魚目鵠竚以俟，好事諸友懸眄來旌，不一而足。然一月之内，不容半園以外人窺一面也。老翁搦管佈請，在座從諛激切。作書者，金沙于子荆也。

往返邗關，兩番潛度，豈有遐心耶。弟病後無聊，惟思卧遊山水，以破伊鬱此積懷也。頃乃復失一孫，衰老其何以堪。比來竟不知晨昏何候，饔飧何味。計必覓一生平極快樂境界，庶可游衍忘懷。則非烏目山樵淋漓渲染、洞心爽目，有不能斯須釋懷者。足下一來，直目下活我一良劑。言念及此，而吾兄漠然置我，恐非人情。一之日掃徑伺駕矣。

愚父子自清和初旬，入荆南山中採茶，濡延匝月。午節抵家，便發維揚之棹，快觀彼中好事家藏蹟暨諸名玩，真生平一覯。酷暑抵家，復往過吴閶，息肩僅得一日耳。思得知己一把晤，惟作夢寐中想，奈何。兩接手教，殷殷懇懇。然德輝天表，每失把臂。「既見君子，我心則降。」詩人真爲我永言哉。青緑大幀，漁山得見，爲我詳言，雖未臥游，早已神遊矣。客歲訂我秋期，荏苒不果。今又作深秋之訂，真耶夢耶，未免又令人懸盼、三秋一日矣。弟自病後神明大減，煙老札中所云纖光將盡者，正不知爲彼言爲此言。人生電泡，豈能長待。言念及此，能無慨然。石谷石谷，勿作他時蹉跎隱恨可耳。

半園失約，乃爲好事家强踞豪奪。又訂七夕之期，今且黄花將綻矣，而有遐心，何哉？所惠扇軸，倪黄滿案，僅許神遊，未容面接，感恨乃各半也。近子荆過此，謂必得良對，而伊人渺然，浩歎而去。今家仲來金閶，附此問訊。四并堂前已懸東籬圖遲駕矣，鵠望鵠望。

一别三年，一約三年，人生幾何，堪此蹉跎。海虞在望，縱我不往，盍不肯惠然來顧耶。殘歲一病，勺水不入者半月，自分不起，他無弗釋，惟恨不得石谷把手一訣。予既生矣，又復各天蘊結戸休。弟明日擬發金閶，當有十日留。吾兄能放一葉問我於半塘、虎阜之間，真快對也。

江關别去，不意復滯金閶。迨家弟過虞山，又燕羽差池，反不若愚父子不果茲遊也。日來客況，得適償失。譬如悶坐四并堂，獨送鶯花，較之聯袂春山，與橋梓多番道臆，寧不爲大勝耶。惟是東皋紅樹，當秋以爲期。前浼三紙，已面詳鄙嗜。如已就一二，乞惠以豁客懷，大過《七發》也。

兄來不得一面，兄去不知處所。經歲相思，交臂相失，恨不可言。昨聞諸公有虎丘之酌，計返棹入金閶，必經小舟泊處，睜目而盼，正不知何從飛渡也。弟意此番過吴，縱不能拉駕偕西，若得篷窗破墨數筆，亦爲虛往實歸。特勒别紙數字，乃竟無由奉達。今即晚解維，此願已矣。所謂别紙者，欲求《小桃雙燕圖》，亦三四年前舊約也。

四載如隔生，兩晤如斷夢。不以弗留爲恨，惟以即至爲喜。十一之期，懸眸而俟。前别時已信誓旦旦，當踐成言，勿謂要盟勿信也。

去臘曾寓一函於姑蘇沈君家奉致，不知何時徹覽。滿擬駕過度除，踵辛丑之佳事，乃竟杳然，殊悔未遣人再相邀也。館室久蕪，奈何尊大人甲周伊邇。知吾兄必完椒觴慶事，始獲過館。愚父子擬同正叔一葉走祝，當拉吾兄偕來，以補客冬欠課。且金沙諸友拭目跂足，望真人紫氣，饑渴多時矣。風便，附此率佈。兩兒均致，不别啟。

喬梓别去，忽忽三月，日望賢郎之至，正不止寒家弟父子，且不止吾常親友知交也。金沙諸子已來問訊者三數次矣，殊怪姍姍其來遲。適接手翰，知賢郎乃抱采薪之厄，愚兄弟父子驚悸懸注，憂心如灼。想緣積勞積鬱所致，若一小愈，便宜翩然而來。客中轉易調理，居家多事，恐反非養病之道也。高明以爲何如？帖畫諸物如留上宅，俟賢郎帶來可耳。倘有售主，惟留神。家弟暨次兒囑知，長兒適有事入桃溪未歸也。烏目山樵之與半□頹叟也，數年息壤，初而盼，既而怨，繼而絶望，今且相忘矣。頃正叔有札來，云石谷旦夕且至，夢耶，抑假道於常，復爾潛渡耶？總以絶望既久，不敢復作意外想也。雖然，欲吾兄却聲利之途，狥寒苦之約，窮年累月，真爲不情。若眷念前好，暫乞王宰十日五日，便了一生積願。如其不然，弟桑榆隙光，一旦奄然，負此良友，吾兄得毋亦耿耿没齒乎。前吴閶舟次，欲求《小桃初卸》尺幅小景，以豁憂襟。復吝此片晷盤礴，幾眼穿矣。抑前者數行，又致遺忘耶？積雨新霽，石場中秋，人生幾遇勝事。蹇人裹足，徒有懊結。

婁東王時敏　煙客

前辱遠顧小齋，累日盤桓，飫聆道誨，樂不可支。顧以别久會稀，匆匆分袂，念之又成好夢耳。别示人言，不知所以。弟始而愕，既而疑，又怪此飄風幻影，曠識如吾兄，不付之都盧一笑，而諄諄置辨，若以爲真有其事者，何也？弟之服膺品藝，寔根心本。吾兄之謬垂睠愛，亦出肺肝。比年來形骸盡忘，夢寐靡間，壹似夙世實有緣契，非止今生投分獨深者。人情澡惡，易生娼嫉，容或有之。然弟平日足不踰閾、户絶賓履，曾與何人晤對，乃有不足於吾兄之語。且影掠一事爲口實，則謬悠荒誕，更窮天極地矣。憶惟吾兄每次垂訪，或有人見問石谷去何匆促，何不留之，弟答以此兄名滿天下，跡之者幾遍幽隱，正苦無分身之術，今宵撥忙見過，已非常厚意，安望其久留。蓋據實以對，應只如此。豈憸夫淺人，遂緣飾以爲構鬪耶？要之，弟與吾兄至誼深情，堅同金石，固逾膠漆，非謠詘者可間。吾兄惟充耳弗聞，謗議自熄。所謂山鬼伎倆有限，老僧不見不聞無窮。若一置齒頰，便墮其術中矣。祝滄翁將至，弟以久闊，渴思瞻對，兼謝其情文周渥。會以金氏之喪，亟往郡中一兩日。間復有小冗，必須暫歸。滄翁在虞，或有幾日逗留，弟當扁舟馳詣。否則月初定於郡城，與吾兄把臂不遠。但其在郡去留遲速，萬乞先示，寄之楓橋丙舍，郵傳亦甚速也。尚有種種欲商者，統俟造膝時面罄耳。先此布悃，幸垂照。

昨意道駕久在毘陵，故有一緘奉寄，不圖竟未成行。頃伊人兄自貴邑歸，云吾兄即日過婁，喜爲神躍。但弟此旬内有鄉郡掃墓之行，恐高轍至止，或不相值，得於二十後枉玉更妙。徒以隔闊相思，渴於把晤。若吾兄，天下之寶，自當與天下共之，豈綿薄所能縻。總俟奉對時面悉耳。兹因岳臣兄歸便附此，不多及。

小齋得復邀道駕，盤桓兩日，甚快，但匆匆慢去爲歉耳。長翁至郡，恨不能假翼飛晤，奈病甚，實難强策，且窮檐野叟與顯者酬對，非綿薄所堪，想吾兄必能委照。

盤餐寒陋殊甚，聊以見意，餅餌皆家製，幸借鼎致維岳兄，乞道意。弟不久過郡，當面謝也。諸容嵩布，不一。

河南周亮工　櫟園

拙序遂辱付梓，里言又側之群玉中，亮工附先生傳矣。捧覽之餘，歡喜無量。大筆盼之久矣，恒誇座客曰「石谷爲我作畫，行且至」，乃寂然已。又詭之曰「中途矣」，已乃復寂然。石谷果無意於亮乎，幸勿令老夫慚座客也。此間自有裝潢者，但求早寄爲幸。結鄰拙選奉覽虞山先生一札已鐫，惟梅村札子則留光四集。一水盈盈，無能復晤，拈筆便不勝耿耿。

先生遠來，弟當如何以報先生。乃適值弟罷官之時，百孔千瘡，一時俱見。僅具微薄之儀，聊充舟資耳。惶恐欲死。雖然，弟豈忘報先生者，願鑒之。弟喘息少定，終有以報先生也。不具。

憶足下至止白下，僕雖在倉皇，猶得與大雅指點煙雲，商較筆墨，此樂何極。獨一切簡略，此中猶耿耿耳。別違有日，能無索離之感。忽接翰教，尚殷殷不忘野人。

春花明媚間，想足下筆底青山放遊不盡，恨不策杖往從之也。賤辰何足齒及，獨聞有妙筆之貽，則三百六十日中，便時時作初度之想。而無如尚在清和月，而又計其已近在月之七日，恐能事不受催促，則其期忽忽便至耳。唯足下留意，早賜一日，即多活一年也。完即見寄，更不必裝潢矣。詩刻若成，幸早寄我。尊札從劉海門親翁二月二日得之，其人亦未至海老處索回札，故遲遲至今，始有以復，幸鑒之。不一。

聞澹翁言台旌在吴門，及弟至，聞已返里矣。未得一晤，歉怏不勝。恭聞四十大壽，敬賦一詩奉祝，幸教之。許我大筆，將近兩載，而未及一見，飢渴之懷日深，幸即惠之澹翁處。弟浙回，便可拜大教也。草草申候，不既欲言。

大筆望之一歲，近棹吴門，始得見之。董文敏言，佳畫須夢見數度後，見之更佳。此弟夢幾百度之畫也，得之盇不驚喜。梅村序真人文字，弟亦附台兄以傳矣。但聞此君近日頗爲二豎苦，不知已勿藥不，便中示之。鄧肯老四截句，是大手筆，非率臆直書者。相愛何以至此，幸台兄爲我謝之。杜兄不得即見，期於明歲場前或得炙耿光耳。《畫人傳》明春可就，成時寄覽。小刻致肯堂，煩代致之。貴邑馮補之諱無咎者，曾從馮硯老處見其圖章，真國博後一人。吾兄能代爲覓數方否？不必佳石，尋常石經此君手無不妙也。閶門邊池白水書坊，係舍親，可以不時郵寄，留心留心。

王郎將歸矣。梅村書札，宛如櫟老人詩，向在瓜哇國中也。末句遂使王郎不獨以筆墨重，廿八字勝贈千萬黄金矣。王郎何以爲報耶。

附櫟園司農致省齋學士札太倉黄與堅庭表

久不晤對，相念爲勞。都中諸鉅公，人人仰慕，何不命駕一遊也。翹切翹切。偶欲用名筆一軸，前見先生所臨梅道人《關山秋霽圖》，真足跨軼前人。特令小兒奉懇，望即爲經營見賜。至感至感。恃愛遠託，惟早留神是荷。餘不一。

同里蔣伊　莘田

胥江話別以後，倏焉寒暑再更矣。春來疊接遠郵，知仁兄道體安和，公郎學業大進，甚慰。鑾鄉暑雨，意況大非疇昔。冷署中欲得仿古妙染，少慰岑寂，幸乘暇揮毫，早慰飢渴。已屬小兒以不惑之數爲潤筆，但祈多多益善耳。餘不宣。

平湖高士奇　澹人

去夏小緘奉復，并候道履，知塵清覽。久客初歸，碌碌酬應，尚未得榜艇過訪，以慰廿年仰企，私衷徒有勞結。兹有奉母小照，敬求名筆補圖高林茂竹、菜圃平橋，置身其間，感且不朽。又向見黄鶴山樵《一梧圖》，布景最佳，先生處若有稿本，乞臨一小幅，爲草堂秘藏，實慰素願。專此肅候台祉。微物侑函，殊慚菲陋，伏冀鑒納。把晤何時，臨穎神溯。

磁州張榕端　樸園

仲夏小力回，捧讀朵雲，高情逸韻，雖隔千里，恍如面譚。前留素册，想已命筆，兹專价走領。又具宣紙二幅，求作煙雲疊嶂、漁樵問答及茅舍桑麻、雞豚落日二圖，爲小齋臥游之助。省札知筆蹟超絶，丐請無虚日，幾以韻事爲苦。而弟又復千里相煩，正以企仰有素，故不以瀆教爲嫌。遠道不易，即乞撥冗揮賜爲感。遥知近履定佳，略此起居，不盡馳切。

太倉王原祁　麓臺

吴門旅寓，重承枉顧，兼荷珍貺，心交晤對，殊慰契闊。次早即隨駕北發，末及再談，至今耿結。先生優游泉壑，琴川吴會，扁舟往來，至於寸縑尺幅，價重連城，尤可爲結廬高隱之地。以此娱老，真地行仙。弟在軟塵中鹿鹿，惟有翹手健羨耳。畫道必推先生爲宗匠，弟雖垂老，有志未逮，尚須指點引證。小兒歸，補祝大齡，兼以小圖呈正。噴飯之餘，便間或郵寄示誨，感何如之。諸容再候。

崑山徐樹穀　藝初

會城握晤，未悉願言。日來涼飆送爽，近況定極佳勝。念切念切。弟以家君信歸，屢促奉邀過舍，故特至省相迎，未蒙肯來，可勝悵怏。及晤吴太世叔，乃承訂期中秋，未知得荷慨許，枉重寒齋否也。吴太世叔處已託敝同年倪闇老轉致，倘得惠顧，一領大教，當即仍送台駕至省，何如。金玉之音，顒望顒望，諸不盡。

西周馬逸姿　雋伯

久疏良晤，馳想殊殷。兹有紙扇四十柄，欲乞墨妙。將來擬作家珍，非以此爲應酬之具。務祈即爲揮付，托暘老轉濆，即有以奉報也。望望。

同里汪繹　東山

先生妙筆，軼前絶後，寧但當代一人。俟從容叩懇，奉爲世珍，不敢冒昧也。有舊藏《仙巖圖》一軸，乃先生四十年前所作，欲重加裝潢，乞題誌數語，當令天機琬琰，益足增重。遲日趨領，不宣。

錢塘龔翔麟　蘅圃

客歲漫遊，一探虞山之勝，兼得與知己快晤，一寫十年之闊。承先生雅意勤拳，至今銘戢。況名筆懸之座右，熏罏茗椀，朝夕恍與高賢相對，涼月之思，藉之稍解。顧隅東兄春間歸自吳淞，攜所贈《水竹幽居圖》見示，并述見懷之雅。感甚感甚。隨賦短章，題諸畫首。但惜不獲共先生披襟剪燭，面領其勝耳。弟秋後西潤先生至，一見即向其索《田居圖》，彼竟一時忘之。臨行不及奉聞，遂致未愜鄙願。今有舍甥貴邑，特附此奉候道履。歸時幸惠好音，并以圖付之，可無浮沉之患也。竚望，慰我飢渴，至懇至懇。開春或有閒情，拏舟造訪，兼踐劍門之約，未可知。草次削牘，未盡欲言，惟澄鑒，不宣。

膠州張應甲　先三

昨趙舍親回，展閱墨妙，蒼古秀潤，兼擅宋元之長，推爲海内獨步，非諛也。董北苑卷，蒼茫變幻，後半尤遒古勝前，自非法眼莫辨。思翁草書，真而不精，惟畫秀色可愛。石田大卷，蒼勁生動，仿米雲山，瀟灑有致，稍以無款爲憾。兩陳書畫，雖不慊心，自是真虎，足徵精鑒之不爽也。謝謝。莊淡老巨然《煙浮遠岫圖》議價二百金，恐稍增減，惟命是聽可耳。

江寧龔賢　半千

自春初，入夏至秋，畧得好夢。日來朝聞鵲語，夜拜燈花，不識主何吉兆。頃磴仙使來，手持先生貽贈半畝畫幅，展之驚魂動魄，不覺五體投地矣。復何言説，可盡謝忱耶？

太倉王扶　匡令

前以數行塵覽，因知玉體少有違和，自當不藥而愈。但弟自遠聞之，殊切懸繫。恨帶水迢隔，未能躬候福履。近有一友持妙繪十幅見示，捧次如得髻珠，何止貧兒暴富。特令小僮奉上，并求尊款圖記。若賤字，不敢以玷名筆也。其中長短不齊，裝潢款式，或宜挂幅，或宜卷册，乞逐幅粘示，何感如之。秋序漸涼，未識可暫撥台冗，一慰家君飢惄，俾弟輩亦得時親棨誨否。率勒，殊愧空函，容專候以罄縷悰，臨風惟有馳結。

武進居于光　子晉

一别幾三載矣。人生有幾，堪此契闊耶。企想殆無虚日，想彼此有同情也。江上得晤賢，即悉近履如面談，欣慰奚似。客冬過延令，季南老曾述其五令兄闢老，仰慕飢惄，特托弟代致，直欲弟奉邀先生過舍，一併渡江作數月之留。既而知有龔方伯之約，遂爾中止。頃有札來，云方伯公已往都門，駕或少閒，意欲弟仍作褰修，奉攀台旌，不識可以俯俞否。匆匆附候，不盡。

玉峰葉奕苞　九來

先生以高曠絶塵之致，游戲筆墨，負天重名，望之者如景星慶雲，渺不可得。弟附交末，獨承盼睞，方切抱愧，而先生推奬逾分，益令汗顔也。昨歲今春，台旌久稽于此，弟以賤恙不能時時晤對，細領玉屑，真有空手入寶山之恥。兼辱大筆遠頒，如獲珍異，頓使宿疾可瘳。則先生以岐扁活我，感激出尋常，萬萬圖報，正不敢稍緩耳。對使拜謝，容續奉聞。公郎詩册附上，馬太史處即致尊旨。率復，不一。

同里蔣陳錫　文孫

三世交情，故鄉耆碩，時縈寤思。衹緣公事鹿鹿，不暇問候興居。遥知落帋雲煙，超沈越唐，興會正自不同也。太原小堉歸途之便，附寄十二金，爲春酒之敬，惟哂存之。臨池依祝。

嘉定張雲章　漢瞻

醉别高齋，風雨大作，不能走謝，每懷怏悒。忽兹客歲，光景如昨，益增遐企耳。兩月以來，呻吟臥痾，懷抱不得好開。坐想清暉主人，時時盤礴自適，一伸帋揮毫，便不朽千古，何樂如之。上游兄言，邇來神益旺，興益超，古之天錫難老者，先生真其人也。手翰下頒，不以小序爲佛頭之穢，而盛加稱獎，且必欲以妙繪賜答，是以唐瓠易周鼎也。向所什襲者，輒亦以此得之。方内慚不已，若重自貶損，以滋其顔厚，可乎。臨穎忻悚交并，先此敬謝。有便至虞，定稽首人瑞，以罄積忱也。

久未圖晤矣。照老云，台駕常在毘陵，想近況必佳也。南昌暾房師八十，徵江南書畫，僕主裝潢郵送，特此仰懇吾兄，以雲煙贈其使。倚舷待發，幸即潑墨，非敢以能事相迫促也。兩王已彷四大家，大筆擬古，尤得稍異者爲妙。容圖報，不一。

江右人倚舷待發，所懇妙染，幸即付來手，以便裝潢。立待立待。四金以少資筆墨，恃知己故情，不足酬萬一也。容面謝，不一。

茅堂初成，得賜妙染，懸之座右，便足迴斡造化，不藉尋常草木始有春色也。當別作一歌奉贈，先此布謝，不一。

久別得一快晤，樂不可言。但媿樵蘇不爨，未能與高人草蔬同飯，知老兄自能原之形外也。拙詩録呈正之。即日過虞，面悉。

達州李長祥　硯齋

前日領教，匆匆即别。後緣竟杳然，時惆悵也。弟之極仰者，石谷先生之畫也。自接台顔，弟之極仰者，又在石谷先生之人也。然因極仰其人，益極仰其畫矣。作贈言一篇，自謂能佳，足以盡石谷先生之人與畫，亦不知何如，惟教之。

同里蔣芬　南陔

自冬徂春病甚，殊無卒歲之樂，所以我兄歸，尚未能到北山一叩也。冰如敝同門札領到，恍如晤語。以足下之妙才，遇冰翁之真品，宜乎有針芥之投。聞駕欲往郡，追隨冰老，索其廣揚聲氣，極欲一附數行相候。以賤恙未果，晤間幸一吡名。大約吾鄉公祖父母及郡城諸名公，邀冰老鼎吕一言，便足增重。昔年石田之於原博，眉公之於思白，諸老先生皆以此得名者也。足下韶齡秀武，自當跨前哲而上之耳。不盡。

令郎晬盤之慶，無以稱賀，聊具喜銀一錠爲佩，惟笑留之。曹武惠左手持弓，右手持筆，爲他年出將入相之徵，於公郎乎兆之矣。昨承喜糰之貺，并附謝。

婁東王鑑　元照

中秋分袂，又值小春時候矣。無時不懷想高風，諒吾兄必同此意。小齋雖未搆就，小壻處亦可下榻。煙翁、梅翁俱渴欲相晤，乞即命駕一來，縱觀古人真蹟，亦大快事。但不肖作居停主人，未免輪褻，然知己自能相諒也。鵠俟鵠俟。

二扇昨已面促寫就，嵩僮馳上，幸騐入册葉完璧，真所謂前無古、後無今，乃畫中之聖，豈學者所能夢見也。仿江貫道卷，尚未得見，乞附來手爲荷。

潤州笪重光　在辛

别來五月，日夕神馳。奉有教言，不勝欣慰。久擬暮春遣迎以候，顧生不至，未悉動止遲佇，至今殊切耿懷。天氣暄和，撥冗惠臨，三山幸甚。李書翁一函併緘照。諸容面晤，不具。

揚州李宗孔　書雲

客歲相期，遲遲至今，懸念殊甚，乞即命駕。或過廿四橋，或於金焦握手，無不可者。餘詳在翁札中也，不宣。

泰興季振宜　滄葦

石谷先生山水妙天下，從來名蹟，雖所窺未多，私心揣之，宋元諸大家當直與先生相接，而故明三百年來未之有也。老父於此興正不淺，意欲屈駕過舍，商榷筆墨，而家中所積卷册，尚有足供清玩者。先生幸勿以江外在黄茅白葦之中，無深山大澤，而遲遲其行也。臨楮馳切。

廣東程可則　周量

別二十年，南北幾四千里，依依之私，蓋時在琴川拂水間也。每晤貴鄉諸年兄，輒詢老道兄福祉，知道履佳勝，且王宰墨妙譽滿南中，以不得寸縑尺蹏爲缺。邵世兄至，忽辱賜書，兼《晴巒疊翠》之錫，懸之素壁，使我坐臥十日不能去。轉念昔年與道兄聚首邵無老山齋，對酒當歌，含毫染翰，未能捃載以行，僅攜歸《寒林歸騎》一幀，至今把玩，如接芝暉。然離懷闊積，蓋自此遠矣。何念故人天外，猶有綣綣之思耶。擬作長篇奉答，以胸塵萬斛，訖無寧晷，聊書四斷句於扇，以當會面。非敢謂附諸公贈言之後，可以揚揄高深也。私心有無厭之請，尚欲求作一小册見貽，俾提繒萬重，奉爲家寶。即以此誌金石之契，他年相見，便以永勿諼，不知道兄能許我否耳。因邵世兄遄歸，燈下草率具報，不莊不悉，總恃慈原餘緒，依戀之至。此復。

漢陽吴正治　賡菴

僕生平無他嗜好，獨於書畫不能無情，而愛畫又甚於愛書。惟是本朝作者如林，而當意者少。近乃見石老作，始知當世自有名流，而僕見之晚也。正欲遣使致幣訂邀，而家報適至。發函展覽，爲之暢懷。但比以啟南與太倉二公一段因緣相擬，僕豈敢當哉。石老之墨妙過於啟南十倍，以僕視太倉公，安能及萬分之一哉。笑笑。至於前賢得名，各有其長，實堪不朽，不必拘泥一家一聽，興到爲之，總是出於大手筆，皆足以垂之不朽。若手卷册葉更妙，大畫間存一二小畫中幅，書齋中可時常玩賞也，如何。曾見趙松雪《鵲華圖》，淺淺青緑，妙不可言，先生肯以意爲之否。又如吳人燕又貴，乃細畫，亦不可少妙品。鵲華二山名在山左境内，總之先生肯盡所長，俱爲吾家留一件，所得不已多乎。一芹將意，殊愧不文。青溪水榭間，瞻挹芝宇匪遥，不多及。

漢陽吳開治　平輿

老年翁筆墨品度，超世寡儔，每憾相見之晚。所喜客冬不鄙寒儉，惠然下榻，得以昕夕論心。擬再攀留，又爲公郎大喜，歲暮遄歸，悵怏無似。小力回寓，得接手教，深佩注存。石田此卷頗費清心，且不憚縷示原委，標舉真確，可謏白石翁知己。

既入法眼鑒定，自卓然無疑也。兹當首歲，想見闔宅綏履日增，特草數行，奉賀新祉，并以原卷價值托士奇兄交易。至《送行圖》卷，亦希斟酌得之爲快。如此韻事，仰藉韻人，感勒匪淺。秦淮之棹，望乘春潮，弟已掃梅下一席，以待把卷操評矣。餘自心照，臨風翹切。

前蒼頭歸自虞山，知老年翁有雲間之行。三月鶯花，足供吟攬。今計道駕自返芳齋，想見蕉桐陰裏，解衣盤礴，曷勝欣羡。倘踐青溪之約，幸即命棹早臨。恐此後炎途，未便跋涉。弟已掃榻以待矣。握手非遥，臨風翹企。

江寧余懷　淡心

不晤多時，伏惟歲首新禧，自然駢集，不卜可知。弟頃在苕溪，太守風流，愛畫入髓。若仁兄肯同陳子老挐舟而來，盤礴解衣於峴山霅水之間，亦大不寂莫也。望切望切。

承春燈之惠，蓬蓽增輝。弟以十三日到苕城，愛山臺上，笙歌燈火，助太守之風流。顒望仙蹤，可勝翹切。一札煩致陳子老，倘可邀之同舟以來，共盤桓於峴山霅水之間，亦大快也。

湖廣李玉堂　翰升

昨在署多有簡慢，每於冗次之餘，得觀筆墨之妙，名流風韻，當不復讓董、趙矣。近家兄札到，知尊體違和，尚未全安，心甚念切。然天相吉人，自當勿藥而愈也。頃大中丞公有一字到，囑弟相延，煩寫《四景圖》一卷。俟天色晴明，專役來迎。先此布候，未盡神馳。

昨歲拜求諸卷，筆精墨妙，其峯巒雄厚，煙雲吞吐，虛靈勁筆，出神入化之玅，直駕唐宋而上。弟政事之餘，每展玩之，如登山陰道上，應接不暇，頗覺心曠神怡。時爲先生色喜者，四卷以體格變幻，氣運靈動，滿幅精采，自是百歲之徵也。弟初意欲接至江寧，再面領大教。因屢讀來札，不允所請，繫懷倍切。所託章公手授之絹，祈寫大小堂幅。今又來名扇五十柄，更望工整一路，以爲異日進上之用。畫完之日，仍交章公署中，弟當奉謝可也。耑此代面，并候新禧，不既。

武進明曇　遜菴

兒格還，得足下墨妙之贈，研賞嗟異，忽如一片青山從天外來也。昔大令謂古章草未能宏逸，頗異諸體，今窮僞畧之理，極草縱之致，不若稿行之間，子敬遂以此法跨絶今古。觀足下幀中皴法，大抵取元四家，而實原本北苑，兼採慢士秀潤之氣，與天真并發，始所謂稿行之間，非元非宋，而於元宋别開一路，放石谷單行，爲畫林勝事也。初擬邀足下過南村，得少日周旋，不圖竟以遄歸不果。東望邑邑，轉增跂予。耑力言謝，并訂命駕後期。懷抱種種，筆不展宣，亮之。

武進惲格　南田

去足下不覺五日。五日在田舍，執卷據案輒思睡，一無所爲。間拈毫搆思擬成文，究無一字，歎悶而已。弟不到水庭，可以鎮日閉門拒俗客，所經營絹素，當更得奇宕險怪之想。然南田不應，即得意有誰能稱快叫絶者。即有之，想吾兄亦何屑聽其妄爲評論，使蒼蠅聲之入耳也。自兄來此，弟素狂不怯人，今乃不能著一筆。間持筆，輒念石谷。念石谷百遍，稍稍得一兩筆。得一兩筆後，輒又慮吾石谷他時或見之也，復爲躊躕久之。弟與兄庶幾稱肺腑矣，而忍視我坐顛倒想中，過五十小刼耶。曹生《洞庭秋帆》小卷，設色必已甚麗。曹生去時，正遇洞庭秋風，足下尺幅，乃欲與造化爭麗耶。弟畫《歸棹圖》，因詩未成，尚在案頭也。董思翁畫一幅送玩，曹卷未送，宜付一賞否。子鶴致聲。

籬豆停筆苦思，終不能知用墨意，至於擲筆歎服。未審王先生宜救之否。否則明日失却一正叔，可惜。頃持燈自來，閽人把斷，不得出。今取三紙，乞鶴兄礬拓一紙，惟先生念之。扇已盡付來。格弟伏枕白。

客冬一札寄白門，相慰勞者，竟浮沉友人手。及石谷至敝邑，則弟又走田間。夢寐之間，若有山靈相告者。比抵郡，而王郎已駕而東，不能追矣。不佞弟與石谷以縞紵之雅，兼之翰墨相慕悦，知人所不及知，而賞所不能賞，而稱相知較他相知不啻什倍。宜乎形跡密爾，無間隔之恨。而間隔形迹落落，較他相知亦且什倍。若此，則相知之心蓋已疏矣，而此心則愈密。每閒行遊，看一山一水、一樹一草、一片雲一拳石，無一不思吾石谷也，即若與石谷子相對。又觀石谷之墨痕筆精，奇理百變也。故雖與石谷形迹闊絶，無時無日不與石谷同室而聚居也，又豈在區區形迹之間哉。

弟今春凡三四束裝，俱爲事累所束縛。已聞北郭好事者韓氏致書幣相招，知石谷不可却。此間有正叔在，知石谷定能勿却也。石谷既來矣，把臂有期矣。而正叔方苦逋糧，日與踐更胥吏爲緣，望虞山若在雲漢之表。非仙人御泛風、乘飛龍，斷不能至。桃源潤即弱水，秦人舟至遭迴風處也。弟已久墜泥中，雖鑽皮不能出其羽。懸擬石谷來時，未知何以洗刷我，而俾我通靈，使翛然霞舉乎。風便附訊，傾佇西棹。尊甫先生實深賞音之感，過庭時希叱名。

百憂千慮，幸已過坐。楊氏杜鵑亭畫屏，已得八九，只青緑一幀，沉吟不敢下。安得媧皇鍊五色石手，補天使無縫，如吾石谷而勝任愉快乎。叔明小幅已跋數語，似有精到之言，吾兄一攬，定能許我。

到虞山，縱觀荆、董大手筆，一快心目。弟當爲作題語，贊歎希有勝事。先生之珍圖，不可無南田生之題跋，敢云合則雙美，庶非糠粃播揚耳。弟欲至武林五年矣，此乃發憤力疾而去，以了數年之願，知先生必爲弟鼓舞勿怪也。餘俟明春晤悉。

獻春新禧倍勝，兩令似暨闔宅蒙福，欣慰欣慰。弟客冬久候，車音杳如。因陽羨放舟來迎，撥冗而去，直至臘月廿四方歸。問舍間，并不見道駕西來消息，亦知定以筆墨紛擾，四方徵索不能擺脱，遂阻渡江之興。正月初，正欲遣价來相候，因水涸道路阻塞不通，無計相聞。忽從友人寄到尊翰，喜甚快甚。弟日夜念吾兄，知吾兄必念弟，異地同心，聲相應也。二月望後，懸榻以待，引領以望矣。俟長兄一晤後，三月初亦即赴虎林。吴門諸處，過而不留，因湖上友人相呼甚急也。小齋聯床，萬勿愆約。佇候佇候。

相别不覺半月，吾兄此時當已在書翁清秘，賓主相驩，筆墨爲樂，何快如之。自長兄渡江，弟又通身打入塵冗紛沓中。未嘗不書，書爲俗書。未嘗不畫，畫爲俗畫。從此更須半月，方了宿逋。略有清脱，便決策出門，赴虎林友人之招。或當先至京口，一扣鬱岡先生，便約長兄兩槳過江一話。相聚三日夜而别，人生聚散有定數。江山勝賞，良友盤桓，人間樂事，無有過此。然必有造物妬之，定不易得。焦巖銷夏，前期如夢。二十四橋明月，王郎獨夜聞簫。知此際，定難爲懷耳。長兄在廣陵，必時時念我，弟亦同此一日三秋。正所謂人非形影，安能動而輒俱一室，嗒然不能不隱几坐馳，佇想天末。别後連得雨入差凉，虞山使還，綿被已至，特寄上。前見奴子還，所惠書，又笪先生兩札，深感情至。至於長兄骨肉之誼，又難以筆舌形容矣。

所委詩箋畫幅，俱已塗抹。寫生小幅，容覓便即寄。餘惟嗣音。

吴江朱逢源　漢槎

去歲一别，忽忽年餘。高情雅貺，令人心醉。每欲一報，莫知適從，感愧非言可盡也。時聞先生至郡，而末由一晤。今春屢與雲滄兄訂期奉訪，又以俗累蹉跎。遥識闔潭福祉，當如春紅夏緑，萬象勃興耳。今冬家君六十壽，晚輩不肖，愧無以稱觴，意欲屈先生過舍，重爲蓬蓽光，敬求先生妙墨，以遺子孫，真家庭之幸也。惟先生鑒其愚，而俛俞之。鄉隅僻處，鸞鳳高飛，極知冒瀆。然而仰望之私，不能自已。倘蒙原宥，慶幸何如。暑氣稍斂，萬懇駕臨，使百世之下，知先生曾一至盛川，下榻賜教，則曲成後學之苦心，晚藉以不朽矣。懇切懇切。

華亭高騫　槎客

兩日繫舟，幸得沾濡芳澤，覺蒹葭玉樹之喻，未足方斯愉快也。佳箑受涴，不蒙見尤，更荷齒芬，徒滋顔汗。蒙惠雅刻，對使拜嘉。率此附謝，不既。

婁東王遵扆　箴六

先生福履萬安。時從貴邑來京朋舊，備詢起居之詳，宛如親見紫芝眉宇，此真天錫難老。不徒山林之光，抑亦萬壽昌期之瑞也。手額手額。頤養之餘，定時時游戲筆墨。一峯老人風度，重來示現人寰。欣慰之餘，益深懷仰。承示《贈言》將付刊刻，此特諸名公幸托先生以傳，非諸名公能重先生，誠盛事也。至中堂家叔欣得附名簡端，敢不如命捉筆。獨苦機務殷繁，未得脱稿。容弟朝夕趨成，當星馳請正，不敢緩也。家叔首春七十壽，不能無望於鉅麗之筆，爲舉觴生色，不審何以慰之。弟散館在邇，散後不問得失，當即乞恩請假還里。爾時當拏舟奉造，以慰卯春别後飢渴之思，知先生定不相拒耳。兹乘周甸老南歸之便率泐，附候近祉，并謝垂注。臨毫瞻切。

太倉陳于潮　青來

昔歲在晚清軒，得奉大教，思慕不置。然以抱痾日久，舊事遺忘，不記何年，想在癸未、甲申之間。先生筆墨之妙，前無古人，後無今人。正如韓吏部之文、杜工部之詩，各集大成，非辭説所能讚美者也。弟留心鑒别，積有歲年，雖所知者淺，然較之俗士，自謂過之。若面盡種種，先生當以爲可教。無如疾病尫羸，不堪舟楫，惟有歎恨而已。先生畫，向寶藏一二幅。自念平生碌碌，無以自見於後世。昔人姓氏，附名人文集中得傳者不少。弟與先生生既同時，使賤字附筆以不朽，豈非大幸。故奉求之念，出於積誠，非泛然可比也。附上菲儀，冀哂存爲荷。

同里虞沅　湘之

憶昔河干分袂，黯然之思，灩灩於蒹葭秋水間。曾幾何時，倏越四載矣。每思向日高懷，何日不神馳左右耶。前歲舍弟回邗，備述先生雅愛，謝何可言。奈俗務糾纏，不克一歸故鄉趨叩爲歉耳。昨接手教，捧讀時覺字字出於肝膈，諄切至誼，惟銘刻不忘也。知近日蔡道臺之見招，過蒙獎待，先生之愛我誠多矣。但以拙筆之鄙俗，敢當道臺癖嗜。且拜大惠，殊自不安。乞先生爲弟道意，歲内僅能補完十册。俟新正，自當渡江以供驅策也。把晤不遠，諸容面謝。

卷　下

婁東吴偉業　梅村

日來復有東山之行，十七日始讀尊教。所諭北苑真蹟，真希代之寶。自思翁鑒跋收藏，爲煙老、圓老所得，而後傳至敝親家。今奉尊命，特專人持上。吾兄試一觀，謂直十五城否。并欲懇大筆臨摹惠教，不獨使古人别開生面，而弟得永爲世珍。何幸如之，至禱。

真定梁清標　棠村

前歲台旌入都匆匆，一接杯酒而未得。時聆麈誨，别後殊深寤思。承惠尠筆，展玩間，清潤之中帶有遠致。蓋兼撮北宋諸公之勝，不但與一峰老人争長。較自徐健老處寄賜者，丘壑各臻於神妙。炎暑時懸之齋壁，頓令簟枕生涼，正好助一夕松風夢也。尚有未盡之忱，統容續佈。

桐城張英　敦復

甚欲聆先生教言，因暑雨泥淖，恐煩動杖履，是以未敢相邀。每從世兄昆仲詢起居安勝，天氣少涼爽，當候先生一過邸齋，作竟日之談，以慰平生景慕耳。屢蒙筆墨，蒼深高秀，真見古人逸興幽懷，古風道味皆於此可想。擬撰長歌，揚頌萬一，尚未脱稿。一得，即呈教。暑中伏惟珍攝，不宣。

河南周亮工　櫟園

足下在旅弟在難，不轟飲不足以破愁城。且足下在此，未有不過我度歲者。仍祈偕高足過我，毋拒是幸。午後一戹奉餞，儼臨爲望雪卷，能即得付觀否。臨右丞《雪霽圖》，遂臻極境。先生直超古人而上之，餘子不足論也。謝謝。佟舍親處，明早耑令小价奉候偕往。專此。

武進楊兆魯　青巖

客冬一別，不覺春光三十矣。荒齋輶褻，開罪實多。高賢不爲督過，頃接尊翰，情詞繾綣，知我愛我，銘刻當何如耶。弟已僦寓問三處，約有數日之留。大米《雲起樓圖》，裝潢家欲俟尊筆稍全之，方可上裱。又《雲泉春眺圖》，桃尚未點。特遣小价相邀，萬祈撥冗一過吴門，幸弗見却，足紉雲誼。

黄岡王澤弘　涓來

昨接手翰，所求墨玅，得以早惠，戴慰無似。二十年來，弟於尊筆見者頗多，然未有如此幅之縝密而蕭疏者。《萬壑松風》之外，又思得《漁村清夏》矣。前奉贈小跋，尚欲改易數字，祈發下。

前承枉過，殊失迎迓，正欲一晤，又以在署未歸，彼此相左，何時肯再過，兼得悉此種種耶。前有小札奉復，久置几案間，以俗冗如蝟，竟忘檢發，今并呈上。勞人之懷抱如此，可歎也。頃有以趙卷求售者，其償甚昂，未知真僞，幸一辨之。

商丘宋犖　牧仲

承貺佳書，風格日上，集宋元明諸大家之成，無容更下贊語，惟有拊手叫絶耳。僕去冬作論畫斷句廿六首，其末章云：「不薄今人愛古人，眼前誰識宋元津。畫中九友王君在，白首多年奉紫宸。」亦記老夫之傾倒於先生者至矣。寸縷將意，殊愧戔箋，聊書此供一笑也。臨池神泝。

向在吴門，得與先生晨夕聚首，縱談千古。雖簿書鞅掌，而時以名畫法書相印證，大有會心。自抵西江，荏苒三載，不勝離索之感。昨從小札中一致瞻注之私，終不如面聆玉屑之爲暢也。兹有一二同志，欲識荆州，特用專函奉請，求先生光賁荒署，一歲脩脯，另具别簡。先具闌干之數，爲尊宅之用。俟弟出闈時，專伻由浙省溪河奉迎，并不涉長江風濤之險。必得歲内到署，庶慰飢渴。夙荷至愛，知不我遐棄也。顒望回玉，以慰懸懸。

自違江左，遂與年兄契闊。想邇來畫笥日富，興致亦復日豪。侍息駕西陂，頗稱閒適，但恨山川迢遞，不克邀年兄北來，共徜徉於煙波雲樹間耳。舊藏董北苑《萬木奇峯》一畫，念非大筆臨摹，必不能傳其神妙，幸于旬日間撥冗一揮。離形得似，使此老重開生面，亦一段佳話也。薄具不腆奉酬，并希莞納。初冬戒寒，諸惟以時珍攝是望，不宣。

玉峰徐乾學　健菴

前得把袂，時以急行，弗得細玲玉屑，爲耿耿耳。弟由吴郡赴江寧，荏苒一月，今已抵舍矣。前所懇，已承慨許，感何可言。專人再布，幸乘暇日早爲之，至禱至禱。廣陵何日去，有小札欲付往，容即寄也。不腆一芹，先爲絹素丹染之需，嗣容寸報。憑紙虔切。

春事方闌，鈞候多福，惟有依戀。

小价來，捧得大手筆，精妙絶倫，俯仰萬態，真當遠勝古人，深爲歎服。承至愛厚情，撥冗過舍，經營苦心，不勝感激。德勝公及顒若甚慕高名，旬日前已托王制臺奉迎臺駕到京，想已相聞矣。外奉不腆，未足云報。尚圖面悉，不盡。

歲聿云暮，積病久淹床榻，悶不可言。日來意緒何如？所求册頁，藉爲病中觀覽，起我沉疴。若得大駕攜之過茆齋，促坐快論，所至感也。率爾，不具。

此番邂逅，殊快生平。但恨遽别，未盡繾綣耳。昨晚晤當事，具道高雅。賢使君委心無量，想略欲攀轅也。四絶句録之扇頭，殊不能佳，媿絶媿絶。附以一縑，幸笑存之。弟今日同吴明府飲寄暢園，明後定行，容再晤别，不一。

承教具悉至愛，感何可言。若尊駕得暇，宜過荒齋一月，并得晨夕領教，何幸如之。幸示下，當遣舟奉迎也。絹及青緑價值奉到。冗中，不一。

婁東王掞　藻儒

睽隔音塵，忽踰二載。每憶道駕過婁日，於老父齋頭商較筆墨，評騭風雅，不禁神馳。奈塵累羈身，終朝鹿鹿，求片時寧息而不可得。緬想高賢，末由瞻侍左右，一聆麈論，徒深雲樹之思。乃辱瑶翰遠頒，更蒙惠我墨妙。家嚴字中擊節歎絶，謂伯駒再生，未必有此合作。弟雖於此道茫無知解，然亦亟思一睹，以慰渴想。不意老父以長途未便持攜，竟留案頭，不獲展玩名繪，未免致歎緣慳耳。大筆超妙入神，真所謂萬人亦見，重名不脛而走。輦下諸公，無不傾心企慕，相見恨晚。雖羽言無足重輕，然逢人推獎，不惜齒牙。贈行尊刻，凡遇先達名流，一一面致。若得趣裝北來，出其緒餘，便足壓倒時輩。寸縑片紙，價重長安，即陳拾遺碎琴都市，不足道也。家岳承寄紗染，如獲異珍，囑筆道謝多次。草復，尚容專頌，不一。

去夏迫於簡書，衝炎就道。知己遠矣，竟未及握手言別，耿歉至今。接讀瑶緘，深慰勞結。弟碌碌東華，都無善狀。惟攜名筆甚富，偶得隙暇，便一展閲，覽煙雲泉石，清涼之氣，沁人心腑，爲大快耳。北苑真蹟，爲寒家世寶。春間欲持贈健翁，忽爲小人胠篋而去。先生聞之，當爲惋惜不置也。謹此附復，不盡願言。

三年闊別，痗寐爲勞。祇以鞅掌溪山，僕僕無片刻之暇。不及奉讶台從，一罄欲吐，良用悵然。子鶴至武陵，接讀教言，不啻躬承咳吐。適當百冗如蝟之時，竟致失答。目下塵勞稍釋，謹掃榻以俟大駕之至，擬作經月盤桓。素叨渥愛，知不我遐棄也。公郎近履必佳，乞致相念。

兩載契闊，夢想爲勞。弟去歲北下，滿擬挹袂里門，不意文旌適在秣陵，未遂飢惄，至今悵悵。後聞當事敦趣，曾理北轅，未久遄返，有識者歎服卓見，迥非時流可及。鶴田兄至，詢知近履協吉，欣慰何似。接讀瑶函，如親色笑。弟自受事以來，半載中馳驅歷五郡，日埋首於陳言腐牘中，形神俱敝，有生無此苦況。迴思知己相對時，迥如隔世。或俟歲校告竣之後，度得旬日清暇，當奉邀道駕，特過荒署，作數日快談，諒高明不我遐棄耳。刻下又爲太□之行，倚馬率復，一芹申意，輶薄如毛，惟哂存之。種種欲吐，不氣罄萬一。

一別多年，常深跂想。先生以山水爲交游，以煙雲爲供養。比聞年踰賜杖，神明愈旺。在昔賢以翰墨傳者，如一峰、文、沈輩，類多壽考，而繪事晚年彌進，先生真可與後先輝映矣。瞻溯風流，曷勝健羡。弟碌碌京塵，比復濫竽。政地兼之，出入內庭，山中故舊，音候久疏。客歲大壽，尚稽稱㩳。茲具一械代頌，附申芹祝，少將寸忱，特祈鑒茹是禱。

華亭王鴻緒　儼齋

日來未獲面奉教言，爲歉。書畫一道，知音甚稀。時以古蹟請示，非特評論價值高下，直以印證古今人心目也。前以迂林《優鉢圓》請正，愚以紙色、董跋皆致佳，特畫覺稍嫩，未盡愜意，不能無疑，謹質高明。早間見宋二年兄，知尊評亦以畫尚屬可疑，則與愚見不謀而合矣。此畫實價，必欲八十金，長安措此殊不易。暑中重承駕枉過，面加指示，感與歉俱深也。頃淡老字來，意欲先生臨《優鉢圖》，未識許之否。原字一行附覽，諸容叩謝，不既。

台駕中秋前後倘有清暇，望過舍一臨《富春卷》。承示燕文貴畫，未解其妙，容晤時面請指示也。趙文敏《二馬并驅圖》落款太拘，如何？即《飲馬圖》，宋牧老亦以爲非真，何耶？率復，不一。

前日得領教益，銘佩良深。兹有友人攜鮮于伯幾字卷、任子明畫幅，大約是僞。惟祈法眼鑒定之。

有友攜宋搨《大觀帖》十册來，中一册係别本補入，不足觀。其九本又中間皆損者，棄而不買，則愛其中仍有佳處；欲買之，則價甚重，而究是不全本，兼多損處。謹以奉覽，幸先生教而酌之，果是宋搨否。索價□百金，今還之百二，恐亦不能甚賤也。又趙蹟二卷，是真是僞，并希鑒定。荷荷，不一。

平湖高士奇　澹人

吴山越水，總在江鄉。耳食盛名，懷傾夙昔。猥以二十餘年萍梗，未獲一望清輝，自媿陸沉金馬，乃爲林巒所誚也。先生胸羅古今，抗情物表，兼取輞川煙景，指點迷人。已料撲面軟紅，久爲名賢鄙棄。不謂《江村》一圖，慨然潑墨，置我於清涼勝地，銘勒未足以云。兹更不揣，再有所懇。憶少陵題王宰山水圖云「十日畫一水，五日畫一石。能事不受相促迫，王宰始肯留真跡」，今弟相索之意，殊覺貪饕。然而平生頗有癖嗜，所恃先生高情古道，定不以此見尤。異時得遂初衣，把臂林際，即出遠人所圖，謹勸巵酒，滿坐雲泉。心存目想，興言及此，頓覺風生兩腋矣。短歌一册奉郢，用明向往之誠。薄侑箋箋，稍充樵青煑茶所用。專此佈瀆，顒候椽彩。臨風千里，不盡瞻馳。

歸隱湖村，杜門晞髮，每以法書名畫消遣餘閒。但此道寂寞，知音者希，時時思與先生共相評賞，而隔於一水，良爲惘然。頃便羽附具數行申候，并乞補圖小照，乃蒙不我，名筆布置工妙，氣韻清幽，儼然北宋人家法，而兼元人之蕭爽。披展再四，喜心欲狂矣。更荷遠函，益感垂注。《千巖萬壑圖》久已領到，藏爲家珍。《一梧軒圖》想子明裝潢未成，猶未之見也。大壽當申賡祝，但恐潛夫逸老，率意長吟，不足爲重輕耳。先此謝復，臨啟依馳。

西河于準　萊公

秋光涼吹，懸知杖履安吉，慰甚慰甚。子鶴旋虞，特附微物二種，少表縷忱，希笑存之。小絹十二瀆神，并望留意。不一。

磁州張榕端　樸園

鹿鹿緇塵中，每耳高人逸韻，輒心焉向往，不能縮地一晤。向聞高雅，兼觀墨妙，覺唐宋以來諸名家，各擅一格，大方獨集其成，誰謂古人不相及耶。企羨企羨。茲具粗絹一卷，并《樸園述略》一册，乞高明覽其大意，彷佛爲之。行將裝爲手卷，什襲藏之，用爲世寶。昔東坡先生云「不識廬山真面目，只緣身在此山中」，心領神會，正不必身經其地，想方家自有妙裁。惟幸慨然惠教，慰我遥思。外一絲佐柬，望恕輶哂存。便候興居，臨穎馳切。

闊教日久，懷想殊深。昨見先生爲狄向濤太史畫卷，江山雲樹，人物棟宇，雞犬桑麻，諸家法力俱備，覽君家摩詰《輞川圖》不足云矣。弟展玩不能釋手，亦欲奉求一卷，作案頭寶玩。外具微儀，少爲潤筆。知先生筆墨頗多，惟乞撥冗爲之。雖能事不受相促逼，畢竟早叨一日，快慰一日也。

慕先生高雅數十年，今得一晤，快足生平。一時呈笑扇頭，用志景仰。絹二幅，一求堂畫，須仿董巨源爲妙；一求作《樸園圖》。望於公務少閒，精神爽暢時爲之，當什襲藏之，奉爲世寶。尚容耑謝，不一。

憶昔荒署下榻，得領案上溪山，耳目爲之一新。至今對景懷人，不覺四載。而風雨重陽，又在指顧，徒于扇上把清標而已。想先生年高德邵，精神益復强健，可勝顒望。向有粗册二具，奉求妙染。昨冬楊子鶴過淮，于回時又託備二册寄上。總恨足跡難遍名山，欲于紙上煙巒作臥遊計耳。求教稽時，想久命筆。兹專力赴領，唯付去手。當什襲珍藏，奉爲世寶也。書扇一柄，聊以博笑。臨池翹切。

西周馬逸娑　雋伯

日盼命駕白門，以話三年契闊，乃遲遲不果，息壤之言，竟爽南州之約。仍虚此中，正多悵結，何意忽承垂注，而惠我朵雲耶。塵襟萬斛，藉以一洗矣。三四月間便道吳閶，當圖快晤并面盡一切也。此刻有皖江之行，草草附復，不一。

婁東王揆　端士

久不見叔度，使人鄙吝復生矣。仲春曾遣人一申飛候，過承垂注惓切，迄今猶銘刻不忘也。聞大誕已過，尚未及少伸寸私。玆因小兒偶到珂里，特令叩祝。但毫無將敬，俚言又不足以誦揚萬一，負慚負慚，惟知己諒之。未盡欲言，統容續布。

同里蔣伊　莘田

一別踰年，屋梁月落之感，想兩地同之也。辱手教，諄諄相勗甚厚。但以石谷先生之名，豈止步武啟南諸公，直已過之。如弟謭劣，何堪與前人同日道也。承惠大作，弟留奉爲世珍。小兒南來，復荷緩急至誼，謝謝。程、徐兩先生已出都門。前於周老處曾見尊翰，渠想念之情，不啻調饑也。長安雖有風霜之苦，而公卿間頗多識者，台旌一至，當令紙貴，弟拭目竢之矣。便鴻附復，不一。

同里翁叔元　寶林

前歲台駕入都，諸同人莫不欣喜，冀接席追陪，共數晨夕。不謂信宿即行，望塵不及，悵怏至今。舍姪至蒙寄惠名筆，披覽之次，心目爲開。先生筆墨紗天下，前無古人，海内得片紙，珍如拱璧。弟何脩而得此重賜，謹藏之什襲，永爲世寶。感激之至，何可名言。兩令郎年兄明春便期滿，當咨部矣。統維垂照，不宣。

婁東王原祁　麓臺

渚陽署中，快聆麈誨，殊慰惄飢。惜信宿言别，未得久留大駕爲悵。長安貴遊，景慕高風者有年，先生曾不一顧，尤見高人一等。筆墨一道，吾兄於微言絶學之時，芟除蕪穢，獨闢宗風，遠與董、巨比肩，近使文、沈却步，先奉常久有定評，非弟今日之諛詞也。獨弟於此中一知半解，得之啟迪良多。而一官匏繫，江南薊北，雲樹興懷，欲竿頭更進，知邈乎不可得矣。來翰過承推獎，殊爲惶愧。所當逢人説項，少效朋情，但羽言不足爲重耳。欲求大筆手卷數段錦大册，一共仿宋元諸大家二十餘幅，爲臨摹秘本。數年鹿鹿，未遑辦此。今因小价歸，特此奉懇。倘蒙見寄，如傳衣鉢，感戴無似。更郵幸賜德音，尚容專候，臨潁馳切。

金閶承道駕遠送，舟次匆匆言别，未盡欲言。弟冒暑遠行，水程多阻，舍舟登陸，八月初旬方得抵都。每懷雅範不置，停雲落月之思，想彼此同之。弟候補多暇，邇日與宋聲老日從事於筆墨。聲老天姿秀挺，再一精進，可入董宗伯之室。而在京頗苦應酬，且兼有應制諸作。弟與相商，非得師承如先生，則與古法難合。聲兄聞之踴躍，特托弟一言爲介。弟欲與長兄晨夕，向有素心，今得聲老同事，吾道可以不孤。特遣使奉迎，每歲以《毛詩》爲壽。先具一數，辦俶裝之需。至途中行李，已付來价，百凡不必費心。見字後希即命駕，不必遍别貴相知。倘有未完應酬，攜至小寓，陸續圖成寄歸，何如？子鶴兄處并有所致，即訂之同來。十月望間，顒望快聚矣。禱切禱切。

秋初奉謝，極荷道愛。前晤藩臺，曾道及吾兄筆墨振古絶今，渠亦深爲仰慕。别後有墨妙致之否？前所商欲覓名蹟，如已訪得，即當奉價。真龍甚難得，大方鑒定者，即不失廬山面目矣。外附戔戔表意，幸哂存之。

蔡琦　魏公

細觀佳作，翛然如見先生清絶之致。而筆勢氣骨，即使古人復作，未能或勝也。至於精神迴出，足徵期頤之壽。弟獲此軸，如得奇物。倘得僥倖江南復與先生盤桓晨夕，實爲至願。遥想把晤之際，先生矍鑠依然，弟以多病體弱，反滋先生絶倒耳。新春和暢，道體愈勝爲慰。肅此鳴謝。

復遊吴門，有信宿留連，便欲作長行計，亟思一晤，以敘闊懷，正爲此後把臂無期耳。知先生爲王老先生經營壽軸，弟必不敢有所溷瀆。特知己殷殷，中情如結，倘能挪寸晷之暇，暫談心曲，將來遠別，庶不致鬱鬱靡已也。竚望竚望。

黄延年來署，且悉道體愈豐，精神益健，真矍鑠地仙也。承寄妙墨二種，意高法老，而蒼蒼鬱鬱之氣，一似山林效靈於筆端，何神奇至此耶。觀先生之畫，如讀杜詩，見者莫不知爲三百篇之遺。但細詠之，覺年愈進而律愈嚴，深沉渾厚，無以復加。此語可爲知者道耳。前接來教，尚有二軸見寄，日爲企望，總因傑作各自争奇，正如游覽宇内名勝，愈多愈妙，樂而忘返，初不知其多少也。若笑弟貪游名勝爲非，則江山亦有誘人之過耳。祈即付以慰相思。山左苦無佳味足供頤養，薄具一芹，以爲參术之資，希莞存是荷。

華亭張豫章　寄亭

日來先生體中想安適也？勞苦不言可知。然既爲天下所屬望，不得不如是矣。中堂索畫甚切，前原訂今日全付者，因仰體尊意，請寬其期，先以六幅送去。諒先生必已撥冗著色，望即發來手爲妙。

大緞一聯，可以爲袍，用酬名筆之貺，殊愧不腆也。此刻蔣文老在家，弟開百花，烹鰉魚一味，望即過之小飲快談，以迓春禧。立候。

海寧查昇　聲山

途間執手，無限依戀。後生傾蓋訂交，弟亦三生願足，欣喜可勝言耶。明日聞衢圃將到，弟有一扇欲煩名手一揮，以爲貽贈之寶。圖成，竟書台款，未審可如願否。其一面得笪老年伯一書，更妙。然未敢望也。可否，惟裁之。

憶於庚申之夏，得一識王先生，即承惠我妙繪，至今懸之窗壁，如晤對芝宇也。彈指十餘年來，先生聲價日重。凡得零楮斷墨，便如拱璧。而《南巡圖》告成，又爲千古未有之盛。弟素蒙知愛，而鹿鹿塵坌，不敢輕於晉謁。但未知王先生意中，尚復有查生否。前曾託宋世叔致意，又囑顧年翁道想念，未審曾達先生意中否。茲切懇者，敝老師桐城張公，托弟轉求妙筆。謹以二箑奉上，敢求即爲點染，於三日内賜教，則感佩明德不淺矣。病起捉筆，率勒不莊。筆資引敬，幸弗以輶褻而麾之，至感至感。

賤照蒙先生許以補圖，不勝欣幸之至，亦不知賤子何幸而得此於先生也。雖先生不忘舊好，雅意殷殷，而旁觀者莫不嘖嘖詫歎，以爲先生筆墨珍重如許，獨不吝於查生至此耶。絹幅奉上，祈先生同禹先生面商丘壑，在弟并無成見於胸中也。

昨晤禹先生，知先生爲弟補作《花溪垂釣圖》，精妙入神，且可即得，不勝狂喜。累夜不寐，因於枕上謅得一詩，以誌戴謝。但年來爲國書所困，茅塞已久，真不成句。非惟不足以重先生，且以辱先生矣，奈何奈何。附上一芹，聊供買筆之需，且以贖作詩不通之罪。窶子出手，褻陋不堪，并望先生諒其誠悃而笑存之。餘容九頓以謝，不宣。

圖到，即命童子爇龍涎餅，以薔薇盥手，開看。看即大歡喜，合掌讚歎，願王先生壽幾百歲。餘無所言，容面頌，不宣。

先生真欲歸去，弟輩何以爲情。昔黄大癡九十而貌如童顔，米敷文八十餘而神明不衰。今先生僅七十，而精神百倍前人。異時弟得脱此苦海，尚容追隨杖履，放浪湖山間，想爲期正不遠也。尊照遵命題句，不肅佛頭潑糞矣，奈何奈何。粗蓮及粗磁聊表别意，幸笑留之，不一。

臥病五十餘日，竟與塵世相隔。前得妙染，喜不可言，真勝枚生《七發》也。承先生賜顧，又以病中謝客，而司閽不知，遂一例辭去。不特歉疚無似，抑悵惘者數日矣。日雖强起，而精神尫怯，未能出門。遲遲奉答，正抱不安，乃蒙手翰下賁，殷殷舊雨，感戴之私，名言曷罄。率勒附謝，容面悉，不既。

同里蔣陳錫　雨亭

先生之名，高於仇而齊于沈，可謂本朝第一人。弟自髫年相見，不覺都成老翁。而駑鈍則自慚如故。安得清泉白石，與君登虞山之麓，一望海天景色也。薄俸，少佐春盤，惟哂存是荷。

古來名筆如北苑、大癡、雲林、石田、思翁諸公，研精殫思，各成一家，并傳不朽。

先生乃兼擅其妙。當日數公，具真性靈，發爲真文章，山川間氣所鍾，先生撫摹而得之，不特形肖，而且神似，可謂奇矣。明歲若得旋里，當奉邀過山齋請教。因昔年所購大筆俱係贋本，不敢復蹈前轍耳。

別後又見早梅矣。先生名重禁庭，雖作山中高士，將來存問，諒無虚日。聖駕南巡時，應過滸關一迎，定有異數也。便羽附候，臨池依切。

玉峯徐樹穀　藝初

小价北來，接得畫障，展玩之餘，直令人神游臥賞，百朋之錫，未足爲喻。欲以他贈，殊不能稽。留置數日，昨始送往，觀者無不擊節，拱璧之獲，無以踰此。但筆良心苦，聞先生鬚髮爲之盡白，具見隆情高誼，非比泛常。感謝之私，與負歉之念，非可言喻。更知先生另以一幀賜賀，欣喜無量。薄具一芹，聊爲潤筆，非所以爲報也。駕在荒齋，定極簡慢，未敢遲留，益滋罪戾。而園中行闥洞開，樹林陰翳，涼風時至，頗堪消此長夏。無已之請，前曾寓書奉懇，得邀厚愛不靳，爲之點染，銘戢寧有既耶。率勒布謝，不盡馳戀。

違别以來，星霜再易，馳念之私，每依左右。先生筆墨之精，追蹤宋元，都門諸公，得一尺幅，珍若拱璧，必傳何疑。前曾寄小影一卷，祈爲布景，未審大筆曾寫就否，盼望甚切，幸勿遲遲，弟自不敢忘報也。專此奉懇，臨書依念。

久違道範，企念殊殷。方幸還里後，得以奉教，而台旌又復北發，中懷若結。至承隆貺，叨在知愛，何以克當。謹登古罇一種。至燕文貴真蹟，尤爲神品，藉手奉璧，謝謝。昨過貴邑已暮，匆迫返棹，弗及一叩雲亭。特托司空轉致鄙忱，諒已荷台鑒矣。大駕榮行，竟不獲與祖道之列，良深歉然。薄芹將意，幸願哂存。長途濕寒，伏惟珍重。

溧陽狄億　立人

伏枕旬餘，得覩先生妙染，諸體具備，意制縱横，直可謂前無古人，後無作者。展對之餘，遂不覺沈痾去體，快極。適有舊扇十開，重煩先生一爲審定。明日西溟姜先生約過審齋，先生能一枉顧否，并攜畫卷一觀，更感更感。

秋中時入都人便，曾奉一箋於侍書，不謂鷁首已東，原札今仍附到也。江鄉風物，遠勝京華。先生杖履所經，以湖山清氣，湔彼塵喧，眠食定當大進。但未審得挈舟來瀨江，一踐從前之約否。即日有事吴門，遥跂雲亭，無緣趨侍，倍增悵惘，我懷如何。

昨春踉蹌而南，不奉清問，忽忽遂移歲籥。每念在京國，時得與二三知己從容賓會，極飫高言，無間晨夕，此樂何可涯量。今乃屏跡山野，杜門養疴，遂爾撥置一切事。而長貧善病，略無好懷，得時時寄意詩篇，放情花鳥，差勝輭紅十丈中熱鬧生涯耳。比來起居何如，深用馳仰。承慨允小園圖册，計已寫就，幸即惠賜。匆匆無物將意，并祈曲諒。臨風不勝惘然，餘悉恙談。萬萬留愛。

綿津、樸園兩先生，晤間必詢近履，且望先生杖履南來甚切。此種雅懷高義，亦今時所絶無而僅有者，不得不一爲陳述也。適以探梅山中，未得一親言笑，倍增馳仰。即日便擬治裝北行，數年契闊之懷，更欲與先生一執手，兼有筆墨之事，奉煩清神，非得面商數日不可。竊料先生古道夙敦，必能不忘久要之義，自當爲弟慨然命駕也。敝房師想望殊殷，廣陵之游未知果否。并示大壽，容補祝，勿罪。

同里蔣廷錫　西谷

吴門把别後鹿鹿，久疏問訊，想道履倍清健也。故鄉春事方盛，先生芒鞋竹杖，相羊湖村山郭間，雨煙風月，千彙萬狀，皆歸尺素。無論傳世不朽，即人生樂事，無以加玆。自惟一官匏繫，遠愧高人，方增悵惘耳。客冬辱手教見存，兼賜名筆，展卷玩味，直逼古人神品，何處有臨橅之迹耶。人還，聊具不腆，藉手申謝。順候近祉，不備。

宛平王默

闊别道範，歲序屢更。先生高才逸韻，迥出物表，宅臨流水，門對青山，花鳥追隨，煙雲供養，此真上界神仙之樂，人寰不易得也。弟鹿鹿庸才，浮沉冗散，簿書鞅掌，嗜好俱忘。但於顧陸丹青，把玩不忍釋手。每於家兄處見所寄新幀，令觀者心神俱爽。若得照式繪賜，以爲傳家世寶，感非尋常矣。臨池迴溯。

錢塘龔翔麟　蘅圃

客冬，署舍再話襟期，旋值北裝將束，莫能久攀行旆。日邊江表，來去勞勞，惟歎流光如駛。每企高賢風度，真不啻寤寐以之也。家君叨轉京秩，弟不日就道，未暇東還圖晤。正切馳思，忽拜教函，深荷垂注之雅矣。長卷裝潢如就，祈覓的便寄北是感。劉松年《風雪運糧》、唐六如《古木幽篁》二軸，將攜至都門重裱，應用何樣款式，方爲古雅，并懇先生一一寄示，庶配名人遺蹟耳。

商丘宋致　稚佳

江左趨庭時，常得接教。每念述鹿軒中與先生快談風雅，至今猶縈方寸也。閩海迢遥，鱗羽少便，久乏尺素通問，殊歉于懷。想舊雨情深，煙雲揮灑時，亦必念及昔游也。弟欲煩先生大筆作掛屏五幅，或紙或絹，不論著色水墨俱可。但必須先生自作，勿用代筆爲妙。叨在夙契，諒不吝也。一芹伴函，乞鑒存。

江都顧圖河　書宣

先生高世絶俗之品，邁衆超神之畫，非常榮寵之遇，一時美談，千載盛事。極欲嘔出心膽，得一佳詩，附傳不朽。日來歸興正濃，打疊行囊，略無寧晷。昨夜燈前草草，粗淺數語，醜不成句。還里以後，心地稍清，另賦一篇寄政。此誠苟且塞責，所謂疾行無善跡也。

漢陽吴開治　平輿

客冬辱承枉顧，盤桓匝月，教益弘多。兼以筆墨之妙，不特心暢神怡，寔爲家藏至寶也。但賤誕過蒙雅注，自慚碌碌，何克當此。謝謝。乃歲聿云暮，不能挽駕久留，蕭蕭言别，殊難爲情，迄今惶愧無似。敝鄉守憲成公祖雅慕甚久，所求墨妙，意頗誠懇，而人亦可與，幸以一卷見貽。不但此君有知己之感，弟亦與有榮藉矣。家兄蒙恩予告南還在即，想秋風初爽，握晤河亭，并聽公郎捷音，此樂當何如也。翹企翹企。

前此日望駕臨，而屐聲杳然，想爲道廣難周，南北交游，競求墨妙，苦於酬應，無暇也。爾來煩溽異常，計自還幽謝客，又非出門時矣。兹以小价有吴門之役，特令候問興居。向懇佳作，久知告竣，惟俟書款。來役奉持，未有便於此者，幸即封付來手，俾愚兄弟北窗把玩，如近清光。揮汗草草，不盡欲宣。

婁東王撰　巽公

春和分袂，夏序倏過，遥諗先生，嘯傲林泉，優游筆墨，真是神仙中人。若弟困頓拂鬱，如居糞壤，而望雲霄，不止仙凡之隔也。近偶入郡，聞道駕夏初曾至吴門，遄返貴里，未知中秋前能撥冗過婁，少慰渴懷否。老父佇盼之切，更不必言，諒知己自難恝置也。餘面罄，不既。

弟於窮愁拂鬱中，遥念先生優游翰墨，品鑒古人，每落一筆，即爲當世希有之寶。高卧小窗，名重寰海，視彼塵氛勞擾，相去不啻天淵。神游清閟，惟有歎羡而已。逸園兄從貴里歸，云道體偶有河魚之患，甚爲懸切。此必盛夏炎熇殫敝神所致，新涼送暑，因知久已霍然。老父渴思把晤，兼欲快觀近作，未知何日獲如所願也。望切望切。

婁東王抃　懌民

先人見背之後，老兄高誼隆情，真令人感而且服。更兼諸事，重費清神，愧乏寸報。至若弟者，倍承厚愛惓切，時刻銘心。奈以久困之人，更值大無之歲，絲毫無以爲敬。聊具一芹見意，幸念其誠而笑存之。諸容面悉，不一。

婁東王扶　匡令

夏間以數行奉瀆，承令嗣垂答殷惓，云道駕於中秋後必過敝婁，殊爲欣慰。不意闗門紫氣，迄今猶復杳然。中心耿結，實勞夢寐。昨家君捧讀瑤華，知尊大人偶爾違和，想已不藥而愈。但帶水迢隔，未及躬候福履，負歉何如。弟性本顓愚，於當世名賢墨妙何敢妄有干求。惟前歲所得妙繪，其幅數與跋語不符，終爲未竟之局。春間曾以申懇，已蒙慨許續成。至近購十幀，什襲珍藏，奉爲世寶。又因未有尊款，不便遽以裝潢。弟於窮愁困頓中，兼此二事縈懷，寢食靡寧者累月於兹矣。倘蒙俯鑒鄙誠，俾得遂所請，則百朋十賚，當不是過，豈區區筆墨所能鳴謝哉。每遣小伻代叩，必蒙賜酒留宿，益重不安。渠自有戚黨，可以逗留，萬勿復費錦心，以滋弟舋。率勒，未盡。

婁東王攄　虹友

過承雅意，重費郇廚，使弟愧感交集，謝謝。偶成俚言一律，聊記良會之樂，敢博一笑。覽過幸即棄之，勿示他友爲感。澹人先生詩文，乞賜一讀。感餘，不一。

同里錢陸燦　湘靈

晤言片刻，胸次豁然，相知真率，自無間然，俗人套數，能如是哉。來扇作自名手，書亦名家，必需先生名畫，可稱三善備焉。且新年肯爲貧友試筆，足見高妙之至。一日之功，弟當千秋珍之耳。禱切禱切。

同里蔣漣　檀人

先生巋然靈光，後生宗仰，筆墨寶貴，正以人傳。忝屬世好，不嫌輕褻，更蒙齒及，殊覺汗顔。大筆幸即見付爲感，已令小价走領矣。

華翰遠頒，兼承大筆長卷掛幅，纔一披展，滿堂生色，真希世奇珍也。董、李復生，無以過此。先生東南耆碩，爲天下宗工，抱縑素、持重幣叩門者無虚日，乃肯爲弟加意作此，感佩何可言耶。更蒙厚意，許仿元人四種，合爲一卷見寄。私心踴躍，得隴望蜀之意，未免倍切千萬。撥冗早賜，嗣容佈謝。麓臺先生筆，弟近亦得二三幅，與先生筆墨并爲傳家之寶矣。家叔尚扈從口外，即日到家，自當專致尊意。樹存家兄、惲高兄屬筆道候，不盡神馳。

武進徐永宣　學人

昨接手書，不意下里蕪辭，過蒙獎許，慙負私心，不能自解。所懇黄鶴山樵《關山蕭寺圖》，荷見許在清和月中寄下，想此時已爲點筆。本不敢迫促高賢，特以愛慕之忱，甚於飢渴，不覺望梅太切耳。如目下未裝，此月二十邊小伻走領。又先外祖所藏先生臨叔明真本，今在小齋。上有西廬、南田兩楷書跋。南田謂平生所見山樵真蹟，以《關山》本爲第一，或即先生所留宣紙稿爲奉常激賞者歟。惲德兄寫生之玅，直繼溪漁，望説項甚切也。

前接讀手書，知山樵《蕭寺圖》爲丹青名寶，又藉先生另開生面，定當傳世無疑。但須興寄高灑時落筆，乃玅。昨惲子來琴川會，附一行奉候，以致望梅之意，想久塵硯北矣。兹小伻走領，祈即惠寄爲感。

連接手書，以乏便未能裁答爲歉。《關山圖》純用枯墨，雖黄鶴山樵復生，氣運蒼秀，不能過是，歎服歎服。蒙惠簡淡一幅，想此時裝潢已竟。外王奉常題跋一則録上，南田翁兩跋知研北舊本已存稿，故未寫寄也。寒舍向與南田翁爲隣，論詩論書，尤有水乳之契。其著色花卉，盡爲商邱尚書索去。今間得一二幅山水，又覺單薄，似未完筆墨。異日擬攜過琴川，求大手筆一爲補染，仍懇署名題句，以傳不朽。不獨弟感誦雲情，亦亡友所拈花而笑者也。德彦云大駕秋涼過敝邑，當掃榻奉迓。先此訂月内倘一過虞山，定當走候，不既。

金陵何亮功　次德

慧山頂上，鷲峯寺中，追憶昔遊，倐焉四載。先生道氣文心，足移我情者，時有高山流水之想。每一懷念故人，不覺神癡終日。便鴻難覓，豈有遐心。忽接瑶函，如親芳範，欣慰無已。向者所惠《採芝圖》，攜入長安，出覽諸公，讃不置口，萬耳同聲。石谷之名，且超石田而上。敢謂曹邱之功，實亦指端筆鋒與鴻寶争勝耳。題跋頗多，欲録一通奉寄。因來人以此刻至，即倚户索報，燈下草覆，百未盡一。清秋倘扁舟賁止，尤爲快事，望之望之。再許墨玅見貽，此後夢魂應夜夜馳往虞山深處矣。臨楮依依。

全州黄之騄　御遠

虞山一别，十易星霜。每懷紫宇，夢寐爲勞。前聞兄翁入都，知户外之屨滿矣。乃不旋踵，束裝歸來，固知高人雅致，勝於尋常萬萬也。羡羡。弟兀坐家居，無一善狀。然於空齋中，時時披賞大筆，有如晤對。契闊日久，計囊中必有得意佳畫，留贈知己。弟素抱神契，倘得吉光片羽，是亦不忘故人之意也。因舍姪行，草勒數行，附候近祉，臨楮依依。

晉安陳騮　伯驤

昨午後同嵋雪兄冒雨看吾谷楓林，躡屐往返，殊覺健勝。見煙光嵐影，無數粉本，宜先生大業日進神紗也。近作《紀行統録》一紙請正，得毋哂我佛頭著糞。外一紙，轉寄嵋雪。刻下回郡，臨行悵然。

莆田余懷　淡心

去年求畫惠崇小景白扇，爲吴園老豪奪，至今夢寐不忘。今再以一扇乞畫，便中點染賜教，想知己定不吝也。長翁今之平原信陵也，弟欲與之訂交，當俟曹老來介紹。仁兄預爲説項，當非無因而至前耳。周櫟老又有札來，回書已爲代致。明日乞過我小飲。

侯官翁元登　岸甫

憶昔寄跡貴鄉，承先生不棄，托忘年契末，得以時親色笑。迄今三千里迢隔，二十載遐思，暮雲春樹，徒增離索之感耳。舍甥來，備悉道履動定有相，二位賢郎斑衣玉立，弟不勝手額稱慶。如弟株守一氈，豪氣隨盡，惟多覔異種奇蘭，潦倒其中，虚糜歲月而已。舍甥承先生指教，邇來筆下頗覺鬆秀可觀，煩先生多方造就之，將來或得稍成一家，俾闖地得窺門牆中之一班，則受賜良多矣。鴻便順候起居，餘情難於覼縷。

賢郎不及另札，統此附候。

江都禹之鼎　尚基

鼎久不奉先生教益，想念彌深。弗識比來起居安好何似，料清健倍常，知猿鶴追隨。遥念著作日富，樂業遂生，皆由聖恩高厚。每晤王公大人，誰不詢先生動定，不愧名滿天下。別後小价入都，接讀手教，甚慰懸切。不識比年道駕曾出遊否。鼎不材，流落長安，毫無善狀。自慚猥以末員所羈，謀歸之計拙，年復一年，刻刻欲侍先生教誨，祇緣束裝乏資，艱澀所阻耳。別來曾有數次荒函候安，不致浮沈否耶。若清暇，不棄鄙俗，望近音切切。兹啟者，敝相知喬介夫先生，久慕道德，渴欲得先生六法數種，屬鼎羽言切致台聰，敢祈即惠著作，以慰久懷。介翁巨眼，非泛泛可比，乞留意，勿以應酬報之，方不負千古傳人。至禱至禱。況介翁家藏，有先生手筆山水一卷，乃當年爲周公祖所作，寔雪客廿年前易之也。觀者歎絶，董、巨恐不得專美於前矣。偶緣便羽，修候近祉。臨池神往，不勝虔切。

全州林鼎復　山友

久踈塵誨，時切寤思，不知何日再過吴門，當掃虎邱片石，啟梅花三白，爲大癡、雲林傾倒也。啟者，方伯入秋壽旦，徵各名家書畫，先生筆精墨妙，冠絶流品，久爲諸上臺所仰慕，特具素綾，奉求大筆，十水五石，隨意揮灑，令見者如入輞川佳境，弟亦與有榮施矣。

桐城李黨　長康

先生德邵年高，本不求聞達，而聲望之隆，古今莫比。兩宫嘉賞寵賜，誠異數也。承寄示諸達尊題辭，褒揚讚美，皆燕許大手筆。傳之將來，不獨巖穴光華，直爲廊廟盛事。捧讀之下，欽羨欽羨。大耋添籌，願得躋清暉之堂，躬祝華筵，更得追陪杖履，採勝賞奇，豈不大慰平生耶。小弟行年亦望七矣，眩暈間作，不識得果有此緣否。今歲汗漫齊魯間，得謁曲阜，登岱而旋，想聞之亦欣然也。小詩一篇并印章、秋丹奉侑一觴，幸恕輶褻。臨穎翹切，不宣。

越水姜廷幹　綺季

拙塗附尊筆致龔半老，惡劣不堪，所謂炒豆腐更少鹽豉，奈何奈何。昨暄暖如春，頗堪游目，爲宿醒所苦。今日便覺陰寒，祇可鍵戶。旅懷困塞，又值時候惱人，何以遣此。昨櫟翁見召過除夕，弟已辭之矣。晚夕乞先生同高足至敝寓，一話客況。止一尊一菜，以爲天涯友朋聚首之意，勿認爲請先生棄而不顧也。懇切懇切。少頃，弟當躬迎耳。

長洲宋聚業　嘉昇

前承先生見過，有失奉迓。家兄備道尊旨，即爲郵達西田暨西里，具悉所懷。兩君俱先生雅故，且箇中人豈敢迫促。但非大筆，不足淋漓生趣。故必欲弟延入郡城請教。特遣小力奉迎，望先生惠然鼓棹。子鶴已在舍相候矣。率此拜速，不備。

嘉定張雲章　漢瞻

在都時，每見先生欲歸，較之政地乞身者倍難。不意勇決乃爾，知之狂喜，且復敬歎。今日難進易退之風，定當求之巖谷間耳。向來道愛種種，勒之心腑。又筆墨琳瑯之錫，前後所得絹紙者三，便面者一，珍之行笥。每遇奉懷及塵慮逼塞，則一開看，覺清風颯然，滌我煩襟，良足當披豁也。都下所頒一幀，跋後原有餘地，欲求重題數語。去年家母七十，設帨諸公饒有詩歌，惟缺妙繪，是一恨事。欲以方尺之紙，更煩染翰，恐重累運思。而此幀有二胎仙，却似留爲老母預祝者，敬復相見，出以爲請。既足娱親，又以傳示子孫，光我累世也。平生於書畫有酷嗜，亦有奇緣。去秋在廣陵市得小米大癡二真蹟，自謂樂之可以終身；今年復有所遇，皆出自意外，統俟面求印證。又向有馬遠《瀟湘八景》，近屢玩欲堅持以爲真，觀其行氣韻於矩度之中，省人物於毫芒之表，決非宋以後人所能辦。又鄧明德、李希蘧二跋至妙難得，曾記先生一過眼，今當爲弟精鑒之。尤所切禱，諸惟珍玉。

袁啟旭　士旦

咫尺相依，頗欲時時趨晤，恐爲貴東司閽所嫌，故欲行且止。新城夫子嚮矚甚殷，有弟所書楷字一箑，將求渲染數筆於別面，不知先生有興否。耑价持上，如無暇即發回，弟婉辭可也。

經旬不晤，心念起居。前許邀觀屏障，想地主不便，故中輟耶。懸知日下正在閉關運筆，上答九重，不敢趨晤，知高人可心諒也。連日過阮翁，傾倒先生之至，長歌必不食言也。奉求《江皋春曉圖》，便中乞偷空點筆，欲趂天暖裝池，恐不久南歸耳。

睩城盛遠　鶴江

别來無由一通音問。前見張博山扇頭瀟湘白雲之作，恍然如覿芝顔也。近得敝及門周丹山家報，備述先生吹獎之恩有加無已，不特周生舉家感戢，弟亦寔有榮施。

乃知道義聲氣之處，不同泛然徵逐耳。謝謝。弟年來匿於菴居，幾欲形骸土木。惟是筆墨之好，尚未能忘。先生遠在燕山，流傳敝鄉者絶少。郵筒如便，其亦有以慰我乎。山中不備莊簡，希恕。

泰州張嶔　石樓

踉蹌歸來，每思訪道履于劍門、琴水之間，而困躓不前，徒傷雲樹。晤吉友舍弟，始知駕停公署。前雖伸賀，然未獲接見，不敢輕造大公祖之庭。室邇人遠，寔勞我心。特此代躬，石谷先生其何以教我。

長洲顧崧　維岳

前者深擾高齋，感啣殊甚。正思圖報無地，不意小力歸，復承履帶見頒。雖先生無已之施，弟何以克當也。弟更欲得輞川公青緑山水小幅，以光陋室。素知先生懶於作此，所以相促者有二故，一則以客之尊佳筆者，莫不曰王先生與維岳交善，當從若處求，方得盧山真面目耳，來者坌如，寔無以應；一則以弟之想念風采，無刻去懷，不能日侍筆硯爲恨，得此縑裝滿成軸，張之壁間，以當晤對，此樂何極。故值此天寒手凍之時，不識進退，而有此請也。幸原而賜之，不以盲子見拒，感荷無涯矣。

山左張應甲　先三

曩時初游貴郡，即訪知名畫家，群推先生筆墨精良，爲東南第一人。弟傾慕者久之，恨未識荆。及丁未年再過，得接尊大人，相與晤談者數晨夕，德盛誼高，爲之心醉，益信先生名冠一時，淵源誠有自耳。彼時歸棹匆匆，未能久觀佳作，至今猶爲耿耿。數年來學識益進，宋元諸大家想已融會筆端。每一緬懷，不禁神嵩。敬具薄儀，托舍親耑懇宋元名家畫册十六版、大癡《富春山圖》一卷，以作珍藏。倘不吝墨妙，慨然揮贈，仍祈勿令門弟子代爲之，更爲感刻。南海北海，心同理同。豈必一堂聚首，始快知己哉。向從此馳名江北，弟又爲之向導矣。臨楮翹切。

休寧陳維垓　子京

徂秋奉訪，得以快談，消念年之契闊。倪雲林詩所謂「復此獲良覯，聊以永今朝」者，我兩人庶幾近之。後聞道駕于冬末有嘉禾之行，弟過此訪之居停，適已造學使署中，故不能待而歸。想寫賣青山，將以所得買山高隱，謂可謝絶筆墨，遂娱老之志耳。顧宇内欲得石谷先生畫者，無論知與不知，皆未屬厭。似未能如僕，没没無聞，自放于山巔水涯之間，得以動止自如也。前承許爲舍親掛軸，已奉去畫絹，乞清暇點染，早以惠教。弟亦早得以讚歎，爲親近幸甚望甚。四本堂墨，先生所鑒賞者，以二函爲敬，勿鄙是荷。

廿年琴川故業，罷去都無繫念。惟虞山片石與我石谷，頗難去懷十許年。今來圖得一面，而道有崑山之駕，殊深悵惘。見兩公郎拔俊成均，又爲喜慰。知天之鍾奇於筆墨者，又將食報於文章也。自念知己最深，近日大名滿於宇内，尤願求得一二幅藏寶，以慰老眼。敬具二舊紙，幟祈先生經營新穎，看色煙雲。筆貲陸金，藉舊同事汪益我躬送。雖大雅不屑戔戔，然以展向日欽佩忱，當亦在所鑒，而早賜揮示耳。弟近蹤跡常在吴中，或便得一面，特此布懇。

休寧查士標　二瞻

前見《師林圖》，筆墨高妙，直踞元鎮而上之。即清閟再生，弟系知如何搦管矣。日來俱在夢懷之中，而不能去。册子淩元駕宋，數百年大家名手，至先生而集大成。

以弟踈陋寡聞，乍一驚睹，便如貧兒暴富，真生平第一快事也。辱蒙慨允，慰弟十年飢渴之思，感切感切。但天寒呵凍，逆旅擁爐，在先生文人高士，不厭瑣瀆，而弟何以當之乎。唯求潑墨揮之，俱用水墨，而青緑一二幅，即成大觀矣。如何？雲西、幼霞之秀逸，黄公望之高古，更得梅道人蒼渾數筆，先生淋漓磅礴，不惜爲弟傾之也。簿儀輶褻，愧不成文，仰冀先生笑而鑒之，悚切悚切。

錢塘王丹林　赤抒

先生海内耆舊，名動九重。翰墨流傳天壤，并集前後，作者當爲一空。乃蒙手教遠存，示及自序。追念師友淵源，一倡三歎，發於中心，益見風義之篤，不異古人，不獨以筆墨趣詣垂聲藝苑已也。弟抱痾廢學，過辱下問，不得不勉副虚懷，已點竄一二處，仍候裁揮。令郎三詩并請正。許畫名筆，喜不自持。但須附寄得人，毋爲它人攫去，切祝切祝。

海寧陳奕禧　香泉

連日鹿鹿，未得叩雲亭，一親教益，想知已不以我爲罪也。使至，方知駕欲即歸，甚覺悵然。不審何時方可獲再晤，幸示以慰。

東昌鄧基哲

客夏小价南旋，得接手教，恍如晤對。承惠卷軸，披閱數過，真覺寸山起霧，尺水興波，先生筆墨之妙，追蹤宋元，足空近代矣。什襲藏之，不啻鴻寶。春間特遣一价持不腆奉候，不意車駕入都，公郎世兄以未得先生之命，書儀概爲揮却，至今時復悵惘也。契闊日久，雲樹之思，諒有同情。且敝郡爲南北水陸通衢，先生旋里，望經由敝府，使故人得遂良晤，一慰積思。此乃湊巧機緣，幸勿當面錯過也。矯首北望，神與俱往。

秋杪獲奉手教，啟函如面，欣慰殊深。來札訂歸期於莫春，不孝當計日掃榻，以待從者。先生敦尚古處，必不愧古人千里命駕之風，況順道以訪故人，豈欺我哉。昔人云：「以我心之思足下，知足下之懸懸於我也。」且遠惠佳箋，中有「明月故人來」之句，不孝執此以爲左券。倘先生歸里念切，由泰山而南也，不孝將詰足下於虞山琴水間矣。北首光塵，日以爲歲。幸早命剡溪之棹，佇望佇望。

前歲台駕過經敝郡，十載之積素，得一遂披晤之願，快當何如。弟恨去舟甚急，匆匆言別，未獲曲極欵洽，爲悵惘耳。先生之於敝世伯也，自是筆墨之妙，空前逸後，宜乎見重，何關區區游揚之力。徐文宗今春接臨敝郡，深悉其待年家知交，用情最厚，此行似不可錯過。春和之訂，弟當掃榻竚候，萬勿爽約爲囑。來卷晚年老筆，別有淡遠之致，謹什襲藏之。數來屢承雅愛，諸家可謂粗備。但大劈斧未得一幅，終屬恨事。曩曾面懇，已蒙季諾。倘肯寄賜一幅，素心大愜，感當倍萬矣。千冀留神，至懇至懇。土儀四種，祈照入。

吴趨蔣深　樹存

臥床兩月，前蒙大公郎特手翰下頒，正在寒熱之時，失於裁答，想知己自然鑒原也。求作名畫，已致家兄，囑奉致謝。至筆精墨妙，游夏不能贊一辭矣，豈吾輩所能窺管者耶？先生喪子之戚，聞之驚駭欲絶。想高懷曠達，此時已可釋然也。《蘇齋圖》誼無相促之理，恐季布之諾，偶成遺忘，謹託畏老婉致，另日尚容圖報於萬一耳。耑此代面。

吴趨邵點　蘭雪

弟自客歲落魄歸，日昏昏醉夢中，不自知顛倒作何狀。獨知己之思，未嘗少易。每欲至琴川奉訪，一傾積懷，聞駕嘗往來維揚、毘陵間，輒恐不值而止。昨正與寒宗端玉舍姪道先生夙誼重望，彼妄冀賁臨，或得扳留，畧數晨夕。弟許其稍涼，便擬溯洄以從。適承南樓兄賜顧，既慰數載調飢，又接手教，恍若三秋一見，何快如之。但南兄返棹甚速，未獲少展茶話。相訂清秋，必同駕至。握敘有期，因率筆先此肅謝注存。另當細讀新刻，奉和不盡之私。鴻飛鴇候，尊公祈代致，不及另候。揮汗剪燭，不恭。

別後舟子歸，接手教，始慰心旌。道體觴熱過勞，静攝數日，自與高秋爽氣相鮮新，不似弟俗塵紛擾，望月猶喘也。武陵之遊，刻期欲往。日望改正小引，彙録付梓。方欲鼓棹，昨荷尊公枉玉，喜之不勝。所改簡潔老到，庶不愧續貂。當即致沈古老，書之付剞劂矣。弟于武陵，在望前准歸，望後即候駕臨，以傾別話，然亦何忍遽分手也。三扇復蒙不吝珠玉之重，在弟則似貧兒暴富，正復貪婪無厭，但未知如何圖報鮑子也。尊公簡褻言旋，率勒謝復，不盡心馳。

華亭高騫 槎客

青門判袂時，已賦小律，擬翻折柳之歌，不謂馳送少後，遂不相及，中懷懊恨，忽忽兩年。去春過虞山，雖得升堂，未接譚麈。因以小箋，乃録舊篇，屬哲嗣長兄呈正。想先生遊歷之暇，偶一覽觀，必爲粲然發笑也。先生礴磅之奇，海内争重。弟叨百里而近，況又托在知交。若掛壁收箱，曾無尺幅，其爲雅人所鄙，無辭矣。值兹佳爽秋辰，敢以東絹二幀奉懇。幸先生不惜慘淡經營之，即未宜預言爲報，亦必以珍蔬神藥相餉於社臘之期也。諸弗具陳，臨箋顒望。

金陵周儀 猶一

蕪城一別，寒暑屢更。去年留賈公祖署中月餘，曾極道先生當今風雅耆碩，筆墨可寶。想式廬之請，必有加無已也。兹懇者，竇應喬介夫先生久藏尊筆，鑒賞精確，猶以爲未足，兹特遣使奉求數册。在介老嗜酷真賞，非浮慕者，望先生用意點染，不致寶山空返，則幸甚矣。

江寧汪梗　磴仙

先生辱臨敝邑，十年寤寐，一夕入林，快幸殊難言喻。第以旅寓相越，不得時親教旨，以盡傾倒，抱歉良多耳。昨掃徑奉迎，又以雨雪之阻，不能邀文旆之光。刻下過尊止，爲半日話，幸勿他出，庶獲少罄追扳，亦大雅所不拒也。小詩漫擬四首，不克仰重行色，并呈正。先此附聞。

普仁釋德立　鶴耀

許久不奉教益，懷想殊切。伏知先生爲諸當事促迫，竗筆應接不暇，以夜繼日。然在先生日夕應酬，不勝其苦，而渴慕先生神筆，至生塵而或成疾者，正復不少也。然先生亦安能化爲清涼寶月，而分應千江，以滿天山之求乎？鮮筍十觔，奉爲一湯之敬，幸哂留爲荷。

金陵龔賢　半千

自公韓爲弟説先生墨竗，不獨爲吴門第一，竟爲天下第一。今弟神魂飛越，正擬拏一舟來訪，忽聞道駕且至，喜可知矣。所恨荒居稍遠，不能日侍左右。頃又聞將欲解纜，使弟恍惚不知所從。無計可留，奈何奈何。子老人至，接得至寶，滿弟願矣。但拙作不敢附去，未免形穢，幸一笑而擲之。拙詩并諸君子亦附上。半隱昆季先行矣，屬并致意。小册紙一幅，權書前作一首。明日遇有人來城南，再作。

金陵柳堉　公韓

余始得觀石谷先生畫於澄墨，今有屬矣。律往來吴門，見龔子半千。今年石谷扁舟來，目空一世，獨好半千與余，則門外人不能參一語也。因半夜話云。

昆陵惲壽平南田閲
婁東錢　　蝦梅仙閲
同里許　　永南交閲
同里翁振翼汝服校

增補

婁東王掞　藻儒

荒齋蕭索，慢褻高賢。而三年晨夕，深快忘形。忽焉判袂，轉瞬一週。回思聚首之樂，益增離別之感。黯然神傷，寤寐弗釋。惟日日摩挲妙染，恍對清輝，聊以解其菀結而已。連接手教，久稽修候，想蒙垂鑒。癡翁、廷暉二畫，子敏裝潢完美，頓令神采煥發，感謝。近得倪、黄合作小卷，筆墨紙色似非假本，但刓損已極，必須重裝。前在卞令老處見有黄鶴山樵畫卷，其敝壞較此更甚，朱啟明收拾一新，如天衣無縫。乞即轉付裝池，再求大筆少加潤色，則千金駿骨，一遇孫陽，自然勃勃有生氣也。惟匆匆奉布，台諒不宣。

遠辱簡訊，知山中故人健在，良慰迢思。弟趨承機近，蒲柳之年，忽焉七十。邁齒慚增，避賀如膩。而先生於三千里外瑶華注存，敘及五十年來往還契好。因感兩世宿交，宛然如昨，而舊雨雖希，歲星鎮在，青山白首，雲海相望，此足聆音而氣躍者也。先生坐臥雲霞，丹青忘老，風流意致，追埒昔徽。比聞神明倍康，盤礴揮灑，興槩彌上。玆獲長卷惠貽，皴灑疏密，格深而神旺，宋元大家不容專美，什襲珍藏，真同球璧矣。昔顧長康品述會稽山水有云「千巖競秀，萬壑争流」，今大繪摹意入神，刻畫造化，迴環舒卷，緬憶舊遊，覺越水吴山、江帆溪屋，歷歷心目間。又媿無以答山林知己也。古書新刻，并拜嘉渥。拙序去冬即已脱稿，屬箴六舍姪寄呈。不謂歸期屢遷，今始就道，計程端節後可達覽也。率泐佈謝，伏希台照。戔戔侑椷，并冀莞存，不盡依馳。

太倉王原祁　麓臺

瀕年契濶，寤寐爲勞。雲樹之思，何能已已。近接瑶函，知先生近履彌勝，蔗境益甘，龍馬精神，松筠蒼翠，真今之地行仙也。良由煙雲供養，自得此中真實受用。如弟老忝虚榮，事不精專，不殖將落，理所必然耳。萬壽繪圖，先生高年頤養，不敢以遠道相累，每一念及，時爲悒快。見索拙序，必有以報命，不敢委之捉刀。刻下供奉無餘閒，容秋間脱稿寄政。雖不足揄揚萬一，欲附先奉常之後，謬托知音，以見先生數十年之苦心耳。率此佈復，不盡縷縷。

太倉王奕清　拙園

憶自川中旋里，得接麈言，荏苒歲華，倏别五載。比聞先生道履彌康，筆墨神旺，古人丹青忘老，少陵之言，良非誣也。兹辱翰注，念及愚父子誕辰，特賜大繪，披捧之次，拜仞高情。先生妙蹟超前，遠垂不朽，煙雲點染，元氣淋漓。而弟得叨光弧旦，既逾瓊瑶矣。邇緣鹿鹿京緇，久疏尺鯉。昨歲耆耋大慶，媿稽郵□。兹俟箴六舍弟南旋，當薄附寸芹，補申遥祝，惟幸茹存。弟尚有所懇，亦囑舍弟代求灑墨，奉爲寶藏也。特泐布謝，順候台禧。種種惟照，不盡。

武進惲格　南田

春夏之交，人心皇皇，惟苦無桃花源爲避世計。入秋而遷徙者，稍稍倦矣。弟亦不復能坐甕牖中，嗟歎度時，便走金沙，渡楊子，所至詩囊甚富，游槖甚貧，然亦不減南田生吟嘯之興。客中與二三賞音談議筆墨，必言石谷先生云何，王郎姓氏，真如芝蘭芳草，出口有香氣，人所樂得而稱道之，正不知其所以然也。弟近畫山水，筆力似稍進，寫生亦畧得簡潔意。然于山水終難打破一字關，曰「窘」。此由眼高手生，爲古人規矩法度所束縛也。元白春夏之間，意欲吾兄一游荆溪，且欲與吾兄快聚山中，更有周郎爲之鼓吹，因時事紛紛，未及作書相招，正欲弟自過相促。泰興季子南宫亦與弟商，明正即邀吾兄渡江相聚，作數月盤桓。此皆差快人意事也，未識吾兄歲底果能出門否。候駕晤悉，不一。

準擬十九日到郭，值雨遂阻南田。昨半晴陰，今日復然。呼童出五里外覓生口，泥塗不肯來，又不能步行。相去三四十里，而踪迹留滯，不得自由如此。時時室中出階下，望天色，其苦恨可知。手札來，不覺神情欲飛。問天氣暮矣，無縮地之術，恨殺。期在明早，即雨亦當着蓑笠，來叩水庭之扉，一呼石谷先生也。

長兄名滿天下，四方想望丰采。凡與弟稱契好者，尤爲真切。兹因程年翁，號青懷，新安快士也，豪宕負才藻，有風雅翰墨之癖，企慕王先生，有如飢渴，非一日矣。頃特過虞奉訪，先生一見，定有解帶披襟之妙，知弟言非妄。其令兄西有，與弟最厚者，亦仰慕大名久矣。他時過虞，當求一識荆州也。

同里錢陸燦　湘靈

別後相念不必言，日日欲一奉候，苦不得其門。又聞先生又寄筆硯之涼風水榭，益有秋水伊人之慕。而安節事多，到不數旬而去。鄉導無人，久缺報謁，料恕弟疏嬾，不即加督責耳。令郎入闈已到否。聞吾鄉亢旱，而西北區爲甚。此得嚴寶臣，特未知確否，然旅懷殊鬱鬱矣。安節家累重而貧，極感吹枯嘘生妙舌。老兄仁厚有素，不待弟囑。敘已成，頗得新涼之助，未知有當來風否，繳上。不多及。

同里唐仲　鳳逸

適讀櫟園先生《讀畫録》，其於先生讚歎希有，不待言矣。而傳中載先生自題册頁數百言，上下千年，分别流派精奥，務求微茫必剖，由直可參造化於無言、通神明於象外，不特見當日解衣磅礴之致已也。開卷雀躍，馳報知己，并將周榕客刺史所遺一編奉覽，明後仍付還。緣有妙論，不忍釋手耳。天晴地乾，造晤再悉。不一。

同里許天錦　芳洲

連日倦遊北麓，有疏晤對。每念妙染，知尋山問水，不若紙上煙雲也。蒙先生許作《夏五吟梅圖》，銘感何啻百朋。此景已越五十餘年，如同夢幻，今幸妙筆寫我碧芳亭畔，放懷吟嘯，遂不覺此身衰邁，返老神方，得未曾有，輒爲之掀髯稱快也。但能事毋敢促迫，望徐爲之，何如。

常州董珙　廷受

前匆匆把别，不勝惆悵。先生與南田數十年道誼同心，忽聞伊遭大變，撫膺痛悼，情所必至。迺不憚溽暑遠涉，重以厚賻毀慟，亦既没存均感矣。更爲其身後之事，于萬無可設法中，百方區畫，旋見成效，雖骨肉至親，不逮遠甚。古人云：「一死一生，交情乃真。」不謂當今世，而猶得見古君子之大義，高風卓越，尋常萬倍，如先生其人也。若弟漫托相知，有心無力，抱媿實多。然每一念至，輒欲腑腸寸裂，故人體魄，一日未歸泉壤，真有寢食不安者。苟可効微勞，自黽勉圖之，况益以先生之諄諭乎。俟葬有定期，專力走聞。鄒又老已往武林，不久必歸，種種當共商之，弟勿敢專也。又老才堪濟變，亦頗仗義，足見先生倚任不爽。要以南田能得良友如先生，亦足見南田之生平大槩，而南田于是乎不死矣。惲夫人五中感勒，諄囑致謝。予謂如先生者，直可以不謝也。餘容嗣音，不宣。

睢州王澄慧　勇循

承賜妙繪，連朝不忍釋手，自當藏爲世珍，喜躍何已。伏聞先生於半載之中，凡五得曾孫，德門星聚，玉筍琳琅，自足并美烏衣，不獨一時佳話。邸中無以申意，箋箋奉敬，尚容面賀，作湯餅客也，何如。

金陵柳堉　公韓

余始得觀石谷先生畫於澄江僧舍，歎爲宋元筆墨今有屬矣。後往來吴門，見愈多心愈折，數以語龔子半千。今年扁舟來白下，交懽若生平。先生目空一世，顧獨好半千與余，則均自八識田中帶來，門外人不能參一語也。因半千贈筆附識，以當續燈夜話云。

附録一　來青閣重刊本所録跋

跋一

元鍾家世以畫聞。自前明劍池公始工寫生，兼精山水。一傳至浮玉公，再傳至雲客公，皆擅畫筆，而猶未大顯。三傳至耕煙公，天賦絶藝，邱壑在胸，直能洩天地之奇祕。年四十，以布衣入畫苑，丹陛優褒，青宫賜額，誠異數也。高高祖壽田公，高伯祖鶴樵公，并精繪事。至曾伯祖服葱公、二癡公、八千公、禹錫公暨伯祖贊明公、鶊池公，伯父步軍公，叔父對江公，流風餘韻，尚未歇絶。元鍾未諳畫理，有愧家風，惟仰承清暉之遺澤。當日名賢投贈，重媲球琳。梨棗再登，復經散逸。今擇其尤者，重付梓人，用冀累葉之竇，守勿替云爾。咸豐丁巳桂月朔日，六世孫元鍾百拜謹跋。

跋　二

先曾大父耕煙先生自幼喜畫山水，得接婁東奉常、廉州兩公指授，深造宋元人窔奧。康熙庚午，堅齋宋公延至京師，承詔寫《南巡圖》，黼黻昇平，藝苑盛事。一時輦下名公鉅卿，贈言絡繹，金薤琳瑯，盈箱滿篋。嘗彙集以授梓。四十年來，鋟板漫滅，幾不可讀。玖生也晚，不及敬承曾王父誨示，然亦喜事盤礴，憾資稟薄劣，未能襲流風餘韻於萬一。爰索舊集，重加雕鐫。工既竟，書其年月。乾隆己未長夏，曾孫玖百拜謹跋。

附録二　來青閣重刊本所録題辭

石谷王山人，海虞隱君子也，以畫法負盛名者三十年矣。昔婁江奉常煙客先生，文章翰墨，爲海内宿望，一紙流傳，價貴天下。奉常與先文貞公通門契好，郵問之餘，間及繪事，每言晚年鍵户點染雲煙，得山人參侍硯几，相與探微究奥，極古人之能事。後來之秀，江左一人而已。余故於山人之名，久心竊識之。自乙丑歲客游至京，得與相見，共杯酌，觀其風神緒論，迥絶流俗。乃知前輩所賞，固不專以其藝，而尤以其人也。邇年供奉畫苑，應詔寫，以寵其行，洵奇遇已。暈歸，其珍祕之傳，子孫永寶，侈殊恩於無極，不僅爲藝苑佳話已也。經筵講官、户部左侍郎加一級王士禛敬跋。

古來攻畫者多矣，而受知於主上者，唐則有吴道元、邊鸞、鄭虔，梁則有張僧繇，明則有戴文進，數人而已。此豈遇之有幸有不幸哉，要惟有本者乃能如是，非可以倖而致也。間嘗論之，畫家之攻畫，當如攻金之工。凡金入鑄，觀其氣始黑，濁氣竭，次黄白，又次青白，遞竭其氣，質良矣。加之工之巧而器成，又淬拭視其土煎濯，鍛磨視其水與火，庶其氣蒸發，隱隱融融，弸中而炳外，非苟焉亟亟以攻也。世之攻畫者，襲取唐宋元明諸名家之貌，渲染而爲之，以爲道在是矣。究之浮氣不盡，真氣不出，猶攻金者攻之成器之後，不攻之入鑄之先也。虞山石谷王山人，襟期曠遠，優游沈沸於唐宋元明諸名家之中，功力既深，故其氣之蒸發，隱隱融融，弸中炳外，無美不備，人不得以專家目之。余聞其名最久，自其應召入都，因得晤語如平生歡。近且受知東宫，特賜睿書。遭此異數，可不謂榮焉。余故表其學之有本，而榮其遇之特隆，以告世之攻畫者。雖然，豈徒攻畫者之不可無本哉。武英殿大學士兼吏部尚書合肥李天馥題。

王君石谷，以畫名聞天下。比侍内廷，東宫殿下高其品誼，書賜「山水清暉」四字，蓋取靈運詩中之義。捧觀欽仰，謂山人何不遂稱清暉老人乎。山人曰諾，乃爲賦《清暉老人行》云：清暉老人王石谷，紫鸞曾傍紅雲宿。醉翻東華祕笈文，黄塵霜掃秋眉緑。君不見洛陽郭恕先，君不見富陽黄大癡。古來謫仙多畫師，石谷妙畫天人姿。真宰開鑿初淋漓，煙雲欲落神龍隨，鼠鬚麋角空爾爲。天子聞之亟召見，寫圖每覿重瞳面。仿佛淩雲夢裏遊，不知身在蓬萊殿。承華日永問安迴，寶墨書奩次第開。揮賜謝家詩上句，知君山水興難裁。我聞一峯道人文采風流世無敵，作畫半染君家虞山色。彭祖巫咸皆輩行，游戲江湖不可測。相逢夙昔若爲情，人間石谷流香名。惜哉不以清暉稱，誰爲稱者午亭生。澤州陳廷敬。

先大夫以文章道德之緒，溢爲繪事，片紙尺縑，争重人間，而平時推服石谷山人最深。山人家常熟，距吾州百里而遠。每過西田，先大夫輒與留連經月，盡出家所藏宋元人舊蹟，相與審定高下，議論出入，咸有左証。山人手追心維，每有所作，先大夫驚歎，以爲神妙絶出，古人復生也。掞少侍先大夫，往往側聞其説，又覩其興酣落筆時，嘗悦而識之，迄今三十餘年矣。歲庚午，掞外舅文恪公子今禮科給事中宋堅齋奏請繪皇上《南巡圖》，傳示無極。招山人入京師。是時天下善畫者皆集堅齋家，山人經營布置，總其大成。五年而圖就，覽之稱善。東宫由是知山人名，召見賜坐，命寫便面。山人點染揮灑，大稱睿旨，書「山水清暉」四字賜之。山人歸，將顏其廬以自耀，可謂榮矣。自閻立本、吴道子之屬，以丹青擅場，遭時遇主，傳於藝林，今山人當休明之世，際堯舜之君，得以逍遥能事，圖寫聖世之曠典，潤色巡歷之威儀，而又幸獲雍容侍坐於龍樓鶴禁之地，邀賜書之榮，視閻、吴曩日不啻過之矣。掞與山人既素交，今相聚京師，又久追維疇昔，益見先大夫能早知山人之深，而山人之勝懷雅韻，足以黼藻光華，垂之不朽者，尤爲太平盛事也已。康熙戊寅年四月二十五日，經筵講官、户部侍郎王掞恭題。

「山水清暉」四字，錫以眉其所居，晝之高，人之潔，殆該之矣。鴻緒被召來京，山人賚以相示，獲拜少海光華，奎章焜耀，千億年拱璧之珍，於是焉在。視彼鷗波之亭，清祕之閣，騷人墨士自作標識者，不相去倍百乎。因爲墨於紙尾，以慶山人之榮遇，且推原其爲人，以見致之者非無本，而聖朝之異數爲不可倖而得也。明史總裁、都察院左都御史王鴻緒謹識。

同邑王山人翬，繪事早入宋元人之室，獨步江左者四十年。爲近臣延致京師，流聞鶴禁，野服召見，特賁雲章，有「山水清暉」四字之賜，士大夫相與榮其遇。叔元得請觀之，山人屬書其事。叔元竊惟古人之論一邱一壑，須人胷次自有。苟非煙嵐含變，翕結性質，則驅染粉墨如積塵滓，雖極匠巧，莫造神逸。山人之獲邀睿賞也，豈徒橅山範水，工在粉本形似已哉。往者吾邑黄子久，居烏目之麓，日坐湖橋，看山飲酒，興至點筆，故兩湖西山陰晴朝暮之狀，拂拂然從十指流出。山人讀書好古，蕭閒淡寂，飄然塵埃之外，而解衣盤礴，邃谷絕澗之氣候，瀲灎明滅，横飛交動，溢出縑素。其中之所存，猶未易測。三百年來，兩三人前後相望，地不能重人，而人能重地，其非虞山之幸也與。經筵講官、刑部尚書同里翁叔元識。

海虞石谷王山人隱君子，而以善畫名於時。其高情逸致，真有遺世獨立之概。故潑墨淋漓，煙雲供養，自荆關董巨以來，得其傳者一人而已。憶昔庚申歲，余遊金閶，始遇山人，年未及艾，傾蓋訂交。余填《無俗念》一闋以贈之，山人亦圖尺幅爲報，至今懸之壁間如晤對也。今上南巡後，致天下善繪者以製圖，諸君子皆應詔入畫苑，維山人獨綜其成。閲三年進御覽，極蒙嘉賞，寵遇備至。東宫便殿召見，賜酒，特書「山水清暉」四字以賜之。昔閻立本官主爵郎，因苑池汎舟，傳呼畫師，遂戒子孫勿復習此。今山人不以爵禄爲家，蕭散自如，閑雲野鶴，可望而不可即。山人之名益高，余又何能測山人乎。他日得賦遂初，徜徉山水，每見晴巒雨壑，野樹平蕪，憑高遠眺之餘，恍乎如畫。於是展山人之卷，一一披對，無不逼真。傳山人之妙者，應作如是觀，請還以質之山人。康熙丙子冬日，海寧弟查昇謹識。

殊能絶藝，曠代一人。顧、陸、展、鄭，相去天壤。石谷山人，天骨挺勁，意思閑遠，解衣盤礴，淩轢古今，師法荆浩，而擅出藍之譽，凡煙雲變滅、水石幽閒、樹木蕭森、山川險易，莫不曲盡其妙，殆與李營邱争長角勝於杪忽間，未易定其優劣也。比年客遊長安，名馳丹禁，《南巡》一圖，提綱振裘，委羣材，彙衆工，而執大匠之斤斧，數千里關山人物、輿騎器用、風景節候，歷歷如見。納燕吴於兩眸，籠天地於一掌，造化同功，能事竭矣。龍樓清暇，召見承華，命山人渲染便面，簪冠棕鞋，具得隱流逸士之體。寫畢進覽，睿懷欣悦，特書「山水清暉」四大字賜之，星鈎焜煌，霞綵絢爛，用登琬刻，顔勒山楹。自玆寶晉齋頭，常有吉雲擁護其，上山人之榮慶，爲何如哉。捧卷恭閱，幸獲接希世之珍，因拜題數語於後，庶幾附以不朽云。康熙三十六年仲春，日講起居注、翰林院侍讀學士雲間王頊齡恭題。

王君今日之道子，絶無粉本隨心使。應詔寫就南巡圖，何異嘉陵寫山水。青宮召見禮數殊，含毫潑墨心恬愉。榮沾睿藻真殊絶，奎章巍焕世所無。長安誰不誇恩遇，達官拂紙爭題句。君將佩此歸虞山，扁舟一葉思歸去。歸去虞山春蕨絶，入林採罷堪息機。身離北闕謝塵網，心繫白雲揜竹扉。君身實具煙霞骨，青鞵直欲誇朱紱。畫中山水信可傳，試問功名竟何物。康熙丁丑仲春三日，毘陵龔勝玉。

王石谷山人翬，海虞耆舊，其言論風格，猶見先喆矩矱。寫山水，方駕古人，一樹一石，皆有根據。煙雲邱壑，含吐元氣，逸韻高懷，流溢縑素，擅海内盛名者數十年。頃客京師，寫巡方圖，青宮召見，顧問移時，禮待優渥，特書「山水清暉」四字賜之，筆勢飛騫，結構高妙，允稱墨寶，傳之千秋，可謂隆遇矣。鶴禁深嚴，不輕延見，石谷欣蒙異數，蓋重其古貌古心，進止端雅，迥異時流，是以榮沾睿藻，固不徒在丹青之賞識也。康熙三十六年孟夏日，禮部尚書兼翰林詹事桐城張英恭題。

徃年有世友鄧嶧亭，嘗爲余言海虞王石谷山人，以畫名天下。時余方葺樸園，園余先大夫所遺也，雖樸而有野趣，余方宦遊未能日涉其中，思得繪圖，置行笥，時展閱之，聞嶧亭言，甚慕山人，而遠不可致。及乙丑歲，遇之京師，高標逸韻，有出塵風，余愈奇之，因求繪所謂樸園者。筆墨間風韻翛然，歎名下之不虚。未幾山人應召，供奉畫苑。秋曹宋君方集四方畫史，爲上繪《南巡圖》，山人實魁其首。東宮聞之，賜以野服，見别殿，出一箑命畫，畫進，睿情甚悦，親灑「山水清暉」四字縑素賜之，結構精密，筆勢飛動，真同榮光四燭。山人幸是殊榮，將歸顔其堂，傳示子孫。余既親接山人，又觀諸君子嘉與之詞，洵乎山人之幸也。天下懷奇抱異之士，有白首而名不彰閭里者矣。山人挾其藝，獨得從容鶴禁龍樓間，被禮優異，寵示奎章，煇煌林麓，而山人之名藉是不朽，豈不厚幸己哉。山人生右文之世，丹青墨妙，留諸祕閣，珥筆諸臣，從而誌其事，天下後世，豔而慕之，非特一時之榮也。余深慶山人之遭逢，又喜吾友賞識之不孤，故因拜觀之餘，而題其後。康熙三十六年，提督江南通省學政、内閣學士兼禮部侍郎滏陽張榕端謹識。

古來以畫傳者多矣，求其兼擅衆美如唐之薛晉國、王右丞，宋之米南宫父子，元之趙承旨，明之沈徵君、文待詔、董宗伯，詩文書法，各極其工者，寥寥不數人。蓋事欲集其成，人之精力往往不逮，而與齒去角，天固靳之也。石谷王山人，以畫稱聖者四十年，而其長篇短跋，亦皆簡雅可觀，書法蒼秀，在兩文敏之間。世徒知其畫之工，上自王公貴人，下至村童野老，無不欲乞其一石一木，以爲家寶。至於詩篇書法之妙，世未嘗以此稱山人。而山人實兼有可傳者也。年來被徵繪寫《南巡圖》，圖成進御，天子賞之，復蒙青宫之知，宣見便殿，命扇頭作畫，竟深浹睿鑒，因書「山水清暉」四大字賜之，山人受而珍焉，歸而顔其齋，誌寵遇也。夫兩宫詞翰，炳耀日星，使山人挾其三絶以獻，必有鄭虔之目，惜乎其僅以畫受知也。山人性又曠逸，有石恪、李咸熙風格。倘希心榮進，則乘踐知遇，欲爲高文進何難。而山人恬然乞歸，行將買舟南下矣，此又山人之沖淡爲足多。予既重其品，并推其詩篇書法之工，以爲山人之可傳者，不獨在畫，後之人當與薛晉國、王右丞諸君子兼知所重耳。康熙丁丑夏四月既望，日講起居注，翰林院侍讀海昌陳元龍謹跋。

往時過婁江，得奉教於王太常、吴祭酒兩公，人文領袖。而太常自圖山水，尤冠絶江南。是時石谷王山人，年三十許，太常數稱之，嘗與祭酒飲，出示其畫數幅，歎爲有明三百年亦未有，高出沈石田先生上。余雖不諳畫理，私疑其許與太過。後兩先生相繼謝世，山人亦益老，而其畫名聞於天下。方知前輩雖虚衷，不没人善要，不輕許人，其所歎賞，辭無溢美，至於久而益信，如吾山人石谷者，殆不之見也。余聞山人少時留館一舊家，得唐宋元人名畫數千幅觀之，日夜規摹，乃窺其神髓，久之始自成家，則其成此名，蓋不易也。又其爲人真率，不慕逐聲利，所寫得意處，取以自娱而已。雖貧，不以輕市於人。古之譜畫者，後神品而先逸品，薄院本而偏重山林隱佚之士。以山人當之，何愧哉。前年山人應詔來京，寫《南巡圖》竟，太子聞其名，召見别殿，手書「山水清暉」四大字，以賜慰問，移晷賜膳乃出，人皆爲山人榮。唯東宫之於山人，豈獨取其一藝云耳。彼其瀟灑出塵之概，有類於古之所稱高蹈者。而禮貌之厚，眷渥之深，所以敦品行而崇名節者，豈不隱寓於其間哉。山人既歸，依然白衣，皮書梁間，與園翁溪友日瞻禮其下，青山白雲，相爲輝映，亦可以無負於太常、祭酒兩先生之知己矣。康熙丁丑年四月八日，姜宸英撰并書。

虞山王山人翬，以繪事受知青宫，手書「山水清暉」四大字賜之，一時輦轂之下，侈爲盛事，作詩歌以寵其行，自大學士而下，凡數十百人。山人橐而歸，過吴門，出以示。外臣犖捧閲之次，因得恭覩睿書鸞迴鳳翥之姿，虎踞龍跳之勢，暨公卿士大夫珠聯璧合、比事屬詞之美。蓋國家文治聿隆，煌煌如中天之日，而我皇上萬幾之暇，多能天縱，復以身爲教，宜乎有倡必從，上下之間，見於翰墨辭章者，映燭鏗鏘，炳炳麟麟如此也。嗚呼，盛矣。因憶往時，虞山錢宗伯，風流文采，輝蔭江左，而天章盛事，邈焉無聞。今即其所居，亦已化爲荒煙蔓草。山人一老布衣，挾三寸不律，遨遊輦下，乃得於茅簷蓽户之内，分龍樓鶴禁之輝，可不謂希世之遇也夫，其可不珍重而寶藏之也夫。山人曰：「翬將摹而揭諸楣，而以墨蹟什襲之，以垂永久。」犖曰：「宜乎哉，敢拜手而識其後。」康熙戊寅季冬，總理糧儲，提督軍務，巡撫江寧等處地方，都察院右副都御史，加一級商邱宋犖恭題。

吴中畫苑，自璽卿、廉州而外，又推石谷山人。任少讀梅村、櫟園諸集，見其高置山人於荆關之上，以爲前輩典型，不得復覩矣。壯游都門，喜山人尚無恙。時被召畫《南巡圖》，瑣院嚴密，無由覿面，偶作絶句懷之，有「南巡圖就才應盡，結果王維一畫家」之句，蓋幾惜之也。未幾事竣，數過岸堂，握手如舊好。因出東宫賜額，委任拜跋。任仰窺睿藻，贊不容辭，乃歎山人知遇之隆，遠邁荆關。其瑣院經營時，亦如東園黄綺，引以爲重，實未嘗以畫家蓄山人。而山人之生平，未免爲畫掩，任是以惜之耳。雖然，今之畫家林立，獲邀煌煌翰墨，爲茅廬增光寵者，曾無兩人。山人之畫自見，山人之生平亦自見。至聖六十四代孫，召充經筵講書官，賜特用出身，欽命監理錢法，户部分司主事、前國子博士曲阜孔尚任敬跋。

先生夙有煙霞癖，終日眠雲與跂石。收取溪山入畫圖，蕭疎水墨空今昔。四海高名五十年，老來偶作長安客。傳將墨妙動宫庭，鶴禁宏開招束帛。儼然商皓古鬚眉，衣冠落落非凡格。命坐傳餐禮數殊，款語温顔曾不隔。山水清暉四字褒，輝煌睿藻標堂額。中使雙馳導馬歸，擁觀喧動城南陌。信知絶技有奇遭，聞者艷稱咸嘖嘖。往時盤礴動公卿，一山一石人争惜。即今榮遇尤非偶，他日還將書史册。盛名坎壈古有之，輸君白首承恩澤。弟顧圖河具草。

石谷山人，邱壑襟期，煙霞色相。家鄰拂水，人傳虞仲之山；村傍尚湖，地是言游之里。衣冠甚古，絶類逸民；品格在今，居然儒者。既研精於竹素，亦游藝於丹青。方駕荆關，希踪董巨。瀉清波於紙上，水似情深；聳翠岫於筆端，山隨興遠。竭來帝里，獲侍皇儲。銅鶴墀邊，描摹特妙；銀麟案下，點綴偏工。便面圖成，睿懷嘉與。采康樂之佳句，未免有情；含山水之清暉，應無多讓。毫抽虎僕，花生翡翠之牀；墨染龍賓，色映瑠璃之匣。懸針寫就，鵲顧鸞迴；倒薤書成，煙霏霧結。拜而受賜，被黼黻以均華；出以示人，儷球圖而共寶。從此浮家泛宅，常分少海之波；谷隱巖棲，永耀前星之彩。敬題贅語，用識殊榮。汪士鋐敬跋。

江山副本天地設，古昔擅長幾才傑。晉唐妙手歷可稽，宋元名家亦森列。有明宗派各相承，地分南北兼江浙。從來稱賞孰最先，神品逸品致自別。大凡筆墨因人傳，此中得趣在高潔。癡黄顛米及倪迂，前人命名豈無説。何期薄俗忮求深，雅道翻成鄙與譎。營營偶出鄉井中，或爲大言肆吻舌。捫心中夜不可欺，詎因雌黄混優劣。當今宗匠知爲誰，烏目山人衆擊節。天生異骨超尋凡，千秋祕奥能洞徹。縱横位置奪化工，寸縑尺幅皆心血。癖嗜煙霞近七旬，老益精神倦不輟。公評堪接石田翁，梅村有言固確切。南巡圖繪君總裁，三年告竣天顔悦。清暉奬譽傳東宫，煌煌手敕尤昭揭。一時紙絹重長安，名公傾蓋俱心折。翛然忽作故園思，息馬懸車計堅決。樸素仍存古道風，名高藝苑寧磨滅。虞山琴水足逍遥，齒頰何能掛炎熱。平生佳蹟傳世多，敢謂應酬藉提挈。掀髯一笑冷眼看，紛紛贋筆何時絶。寄言爲謝後來英，殘墨毋煩更剽竊。同里弟許天錦。

六世祖耕煙公，名重大廷，交滿天下，一時士夫，獲尺縑寸蹏，珍同拱璧，郵筒往來，如親蘭臭，皆知名士也。公享壽八十有六，壯歲游京師，奉敕繪《南巡圖》既成，大稱旨，欲使以顯秩供奉，公辭不受，其品節如此，不徒以繪事重也。舊刻《清暉贈言》外，又有《同人尺牘》若干卷，以公同好。嗣因家道中落，子姓凋零，鋟板悉歸廢墜。道光丙申，元鍾謹承庭命，重修《贈言》卷，擬將《尺牘》同付剞劂氏，奈力不從心而止。今又二十餘年矣，元鍾恐積久遺忘，爰以陶静涵師、許八兼丈所訂舊本，質諸邵環林先生參定，命兒子紹沂、紹俊校正付梓，藉留先人之清芬。亦使遐邇之服先矩者，咸知與寒家具有淵源也。咸豐七年，歲次丁巳秋仲，裔孫元鍾百拜謹跋。

藝文叢刊

第七輯